年下王子の猛愛は、魔力なしの私しか受け止められないみたいです

第一章　家庭教師とスパイの仕事

その日の午前、私は婚約者で研究所所長のダドリー・アルフォード侯爵子息に、彼のタウンハウスへ一緒に行こう、と言われた。

そこでとても重要な話をする、と。

だが、今から行くとなれば午前休をとらなければならない。そんなの真面目な仕事人間である私には我慢できないのだけど……

でもダドリー所長はもう、とにかく「どうしても一緒に来てほしい」の一点張り。

仕方なく、私は研究を中断させて、ダドリー所長のタウンハウスへ急いだのだった。

で、現在。私はダドリー所長のタウンハウスの応接室にいるわけだけど。

「あの、ダドリー所長？　ご存じかとは思いますが、私はこれでもソーニッジ王立魔術研究所の研究者なんですよ。いくら部下だからって仕事中に無理矢理連れ出したんですから、よっぽどの緊急案件なんですよね？」

私は目の前に供された紅茶には目もくれず、自前の魔法水筒からとぽとぽと褐色《かっしょく》の液体を注ぎながら聞いた。

この魔法水筒というのが優れものので、中に入れた温度に応じて熱いものは熱いまま、冷たいもの

も冷たいままに保持できる魔法がかかった発明品なのである。我が王立魔術研究所の試作品で、ま

だ一般に出回っているものではないけどね。

撫でつけた金髪に茶色の瞳の彼は、私の質問には答えずに褐色の液体を馬鹿にしたように見た。

三十歳手前という年齢にはそぐわない、妙に深いほうれい線が嫌みったらしく歪む。

「ふん、それはコーヒーというやつか。そういえば最近、お前はそいつを熱心に研究していたな」

「そうですよ、おいしいんです。成分の研究も進みましてね、人体にとても有益な物質が入ってい

ることがわかったんです。ダドリー所長、カフェインって知ってます?」

「そんなことはどうでもいい」

話を続けようとする私を、ダドリー所長が止めた。

「そんなつまらんことを話すためにわざわざ呼んだのではないからな」

「……そうですか」

私はコトンと水筒をテーブルに置いた。

なによ、自分から話を振っておいて私のコーヒー研究発表を止めるだなんて。

「アデライザ。お前との婚約は解消する」

唐突に——本当に唐突に、ダドリー所長はそう言った。

コーヒーを口に含む前でよかったと思う。もし飲んでいたら、ぶはっと噴き出していただろう

から。

（え？　なに？）

すぐには言葉の意味が理解できなかった。理解できていたのは、目の前にいる男は自分の婚約者だということくらい。

「どういうことですか？　婚約の解消？　まさか私の研究ノートを見たのですか？」

「興味本位から聞くが、婚約の解消と言われてまず原因として思いつくその研究とはなんだ？　お前は我が王立魔術研究所でなんの研究をしているのかね？」

「安い肉を霜降り肉にする研究です」

「魔術関係ないな」

「結婚したら、研究成果を料理人に教えてあなたを毎日騙《だま》くらかしてやろうと虎視眈々《こしたんたん》と狙っていたので……」

「案外腹黒案件だったのだな、その研究は」

ダドリー所長は呆れたようにため息をついた。

その頃には、私もようやく事態をのみ込みはじめていた。

――婚約の解消。ダドリー所長と、私の。

ええ!?

この人、つい先日私のこと『お前を愛している、お前を手放したくない』とかなんとか甘い言葉を囁《ささや》きながら、研究の合間に抱きしめてきたわよね？

なのに……

なにがどうなっているというの⁉

「実はな、アデライザ。……イリーナが、私との愛の結晶を身籠《みご》もったのだ」

はあ⁉　と声が出そうになるのを必死にこらえて、私は冷静に問いかけた。

「はあ⁉」

いやつい出てしまった。

「身籠《みご》もったって……⁉」

なにを。いや決まってるか。

「そうだ、愛の結晶だ。つまり、我がアルフォード侯爵家の跡取りができたのだ」

「相手は……イリーナ、っておっしゃいまいたけど……？」

イリーナといえば、五〇〇年くらい前に魔王を封印して世界を救った聖女の名前だけど……

「そうだ、イリーナだ。お前の妹のイリーナだ」

そうそう、聖女イリーナにあやかって、私の妹もイリーナって名前なのよね――って。

恐れていたことをあっさり言ってしまうダドリー所長。

確かに私には六歳年下のイリーナという名の妹がいる……

だが、イリーナは実家暮らしだ。しかも実家は王都から馬車で三日もかかる場所にある。

その妹の名が、どうして今出てくるというの？

「お姉さま！」

そうそう、いつもこんなふうに鼻にかかった甘ったるい声で私のことを呼ぶ妹……って。

ドアを開いて応接室に入ってきたのは、確かに妹のイリーナだった。

イリーナは長い銀髪と青い目を午前中の陽光に輝かせながら、ソファーに座り、ダドリー所長にしなだれかかったではないか。

――それを見て、私は妙に納得してしまった。イリーナの華やかな銀髪と青い目に比べて、私の肩口で切りそろえた茶色の髪や焦げ茶色の瞳っていうのは、きっと男性にとってはあまり魅力がないものなのだろう……

「お願い、ダドリーさまをお責めにならないで！　悪いのはお姉さまなのですから！」

潤《うる》んだ瞳で私を見上げてくるイリーナに、私は思いっきり首をかしげた。

「……は？」

妹がなにを言っているのかさっぱりわからない。

私は無表情で、カップに注いだコーヒーを一口飲んだ。苦味と少しの酸味があり、そこに砂糖の甘味がうまいこと浸透していて……。水筒内での腐敗を心配してミルクを入れず砂糖のみだけど、それでもコーヒーは私の心を穏やかにしてくれる。

はー、コーヒーおいしー。

「アデライザ！　聞いているのか！」

カップを傾けながらコーヒーを味わっていたら、ダドリー所長の目が射るように私を見つめていた。

「アデライザ、お前は身勝手な女だ。お前は魔術の名門オレリー伯爵家の令嬢でありながら魔力もなく、我が王立魔術研究所に勤めている。そうだな？」

「そうですけど」

私の実家、オレリー伯爵家は魔術の名門だ。父も母も魔術研究の第一人者でもあり、その名声は高い。

もちろん妹のイリーナも魔術の才にあふれており、将来有望なオレリー家の天才令嬢、なんて言われていた。

長女である私には残念ながら魔力はなかったが、それでもオレリー家に伝わる膨大《ぼうだい》な魔術の知識を吸収していた。その知識は勤め先である王立魔術研究所で役に立っている。

『魔力持たぬ魔術師』――なんて異名をもらうくらいにはね。

「それがまさか、魔力をたっぷり持った美しい妹がいるだなんて……誰が思う！」

ダン！　とテーブルを叩くダドリー所長。

「……は？」

それがなんだっていうの？　妹が美人で膨大《ぼうだい》な魔力持ちであることと、ダドリー所長が妹に手をつけたことに、なにか関連があるとでもいうの？

「お前の父上や母上はとても優秀な方々だ。イリーナだって魔力と才能に満ちている。ところがお前ときたらどうだ！　魔術の使えないただの女じゃないか!!　それがなぜ王立魔術研究所に勤めているんだ！」

「それは王立魔術研究所でそういう募集があったからですよ。忘れたんですか、自分が所長の研究所なのに。魔術が使えなくてもいいからとにかく魔術に詳しい者を募集する、って」

「だからといって申し込むな！　そして採用されるな！　紛らわしいことをするんじゃない!!」

ダドリー所長がわめくが、もう私には意味がわからなかった。

――まぁダドリー所長は宮廷へ提出する書類上必要なだけのお飾り所長だから、王立魔術研究所ではいつも暇そうにしている、職員の登用にすら関わらせてもらえない門外漢だけどね。

でもさ、それにしたって採用したのは王立魔術研究所であって、応募した私に責任はないではないか。あるの？　ないよね？

名ばかりとはいえ一応研究所所長のダドリー所長は、――そして私の婚約者である彼は、この辺りの事情はすべて知っているはずなのに。今さらなにを言っているんだか。

「私は悩んでいたんだよ。アルフォード家の嫡男として、優秀な魔力血統を我が家門に入れなければならないのに、お前とこのまま結婚していいのか、とね……」

ほんとなに言ってるのこの人？

この婚約は、彼の一方的な申し込みからはじまったんじゃないの。王立魔術研究所に入所してすぐ、私に一目惚れしたとか言ってきたのよ。あの魔術の名門オレリー家の長女がこんなところにいるだなんて嘘みたいだ、結婚してくれ、ってさ。

実家を通しての申し込みで、気がついたら彼と婚約していたのよね。実家の親が私を厄介払いしたいのは見え見えだったけど、特に断る理由もなかったから受け入れた。まあそろそろ私も結婚して落ち着くか、くらいにしか思わなかった。相手は研究所の所長だし、身分的にも申し分ないのかなって。

「そんな時だ。俺は彼女に出会った」

ダドリー所長は隣に座るイリーナの肩をぐっと抱き寄せた。

「イリーナは言ってくれたんだ、ダドリー所長の心中お察しします、とな……！」

「そうですわ、お姉さま」

イリーナはダドリー所長に寄りかかりながら、辛そうに目を伏せる。

「お姉さまはズルいのですわ。頭がいいからって王都の研究所に入って、実家には寄りつかなくなって……オレリー家の因襲《いんしゅう》に囚《とら》われた妹のことなど知らぬ存ぜぬを貫《つらぬ》き通して」

うっ、それを言われると辛いわね。

魔力のない失敗令嬢の私に、実の父母は冷たかった。その冷たさが反転して重い期待となって妹にのしかかったのは私の責任……と言えなくもない。

なにせ妹は失敗令嬢の私なんかとは違って、オレリー家の血筋らしい、膨大《ぼうだい》な魔力を持って生まれてきたから。

いつも露骨な差別を受けていたのよ……、妹は華やかな新品のドレスを着せてもらえるのに、私は使用人の娘さんのお下がりの服を着せられたりね。妹が豪華なケーキや可愛い動物クッキーを食べている時に、私に与えられたのは割れた失敗クッキーやホールケーキを作る時にカットしたスポンジ生地の切れ端だとか、そんなのだったもの。

両親からの扱いの差に嫌気がさした私は、十二歳で寄宿学校に入れてもらえたのを機に実家に寄りつかなくなってしまったってわけ。

「本当はわたくしだってお姉さまみたいに王都で自由にお仕事したりしたかったのですわ。でもお父さまもお母さまも、『お前はオレリー家の魔力を引き継いだ唯一の娘だから』って自由にはさせてくれず……」

「イリーナ、ちょっと待って」

私は口を挟んだ。

「そのイリーナがどうしてダドリー所長との間に子供を身籠《みご》もっちゃったわけ？　オレリー領にいたんでしょ？」

「お姉さまのご婚約者にご挨拶を、と思って王都に参りましたの。そこで所長でご婚約者のダドリーさまと話をしていたら、お姉さまの傍若無人《ぼうじゃくぶじん》さに呆れてしまって……」

「……それで、しちゃった、と？」

できるだけ言葉を選んで尋《たず》ねたが、イリーナは青い目を丸くしてわざとらしく頬《ほお》を染めたのだった。

「まあ、お姉さまったらそんなことおっしゃって。はしたないですわ」

「……それを実際にしたあんたたちのはしたなさは無限大ね」

ダドリー所長がもう一度、ローテーブルをダン！　と叩く。

「イリーナを悪く言うんじゃない！　俺とイリーナは運命の恋に燃え上がってしまっただけだ、お前のせいでな！」

うわー……なにこの二人。イリーナの話を聞いていると私に対する恨《うら》みつらみしか言ってこないし、ダドリー所長も結局はイリーナに目移りして本気になっちゃったってことを、これでもかって正当化してるだけだし。

私が唖然としていると、ダドリー所長とイリーナはお互い目配せして笑った。

「イリーナ、君は優しいな。こんな女のためにわざわざ時間をとって我らの愛を説いてくれるだなんて……」

「いいえ、ダドリーさま。こういうことはちゃんとしなければなりませんわ。お姉さまって頭はいいけど人情には疎《うと》い方ですもの。愛は理屈じゃないって、それをちゃんとわかっていただかないといけないのですわ」

「イリーナ……君と出会えて本当によかった。それだけはアデライザに感謝しないといけない」

「はい、お姉さまはわたくしとダドリーさまの架け橋になってくださったのですわ」

二人は手を取り合い、寄り添って互いを見つめている。キラキラした目線は、もう完全にお互いしか見えていない。

とはいえ二人が完全に私という存在を馬鹿にしていることだけはわかった。

……おめでたい人たちね。

「お父様とお母様は知ってるの？　その、イリーナが妊娠したってこと」

「もちろんですわ！　ご報告しましたら、お父さまもお母さまもとても喜んでくれましたわ！　だってわたくしの子供ですものぉ。きっと豊かな魔術の才を受け継いで生まれてくるだろう、と……」

そこまで言って口の前に手を当て、わざとらしくハッとした顔をするイリーナである。

「ご、ごめんなさいお姉さま。魔術の才がないお姉さまの前でこんなことを言って……」

はいはい。そうですか。どうぞどうぞ、馬鹿にしてくださいませよ。私はどうせ魔術の名門に生まれながら魔力のカケラもない、オレリー伯爵家の失敗令嬢ですよ。

ジト目で妹を見つめることしかできない私のことをどう思ったのか、ダドリー所長がキッと鋭い目つきで睨《にら》んできた。

「お前がこれからどうするのかはお前の自由だが、今回のことを根に持ってイリーナに意地悪でも働いてみろ、俺は全力でお前をつぶしてやる」

「ダドリーさま……！」

お目々をキラキラさせてダドリー所長を見つめるイリーナ。

「ああ、大丈夫だよイリーナ。君のことは、俺が守る」

ダドリー所長が、抱き寄せているイリーナの肩をさらにぐいっと抱き寄せた。すっぽり彼の胸に納まるイリーナの顔は、ほんのりと赤く染まっていて……

ちらり、とこちらを見るイリーナの目が。半月を反転させたような、とっても殴りたくなる笑顔で――

イラッとした私は、拳を握りしめた。だけどその拳をイリーナに向けることはできない。

……暴力はよくないわ。それに彼女は妊娠しているのだし。

こういう不愉快な場所からはさっさと去るに限るわね。

私はため息を一つつくと、ゆっくり立ち上がった。

「……私、研究の続きがあるのでもう失礼しますわね」

「まぁお姉さまったら、盗人猛々《ぬすっとたけだけ》しい」

口に手を当て、びっくりしたように妹が言った。

「この期に及んで、まだ研究所に居座り続けようというのですか？」

「は？　なに言ってるのイリーナ？」

ていうかなによ盗人猛々《ぬすっとたけだけ》しいって。それはこっちの台詞《せりふ》でしょうが。

「お前には研究所を辞めてもらう」

はっきりと、ダドリー所長はそう言った。

「なにを勝手に……」

慌てたのは私である。魔力はないけど、私には膨大《ぼうだい》な魔術の知識がある。それを活かして、あそこでちゃんと役に立っているって自覚があったから……

「あなたにそんなことできるんですか？　ただのお飾り所長じゃないですか」

「お飾りでもなんでも、俺は王立魔術研究所の所長だからな。少々職権を濫用《らんよう》している気もするが、愛らしい妻を守るためだ。これくらいの泥は被るさ」

少々なんてもんじゃないでしょうが、職権濫用《らんよう》……！　ていうか職員の登用にも興味ないような人なのに、こういう時だけ職権振りかざしてくるのっておかしくない!?

「素敵、ダドリーさま……！」

「……いくら所長だからって、そんな横暴許されるとでも思ってるんですか」

「とにかく、そういうことだ」

ダドリー所長が勝ち誇ったような顔で私を見た。

「お前との婚約は解消し、新たにイリーナと婚約する。お前の退職は一週間後に告知するから、研究の引き継ぎ処理をしておきたまえ」

「……っ」

奥歯をギリッと噛みしめようとして――、ふっと力が抜けた。

なんだか急に、すべてがどうでもよくなったのだ。

「そうですか。お幸せに」

とだけ言って、アルフォード家の応接室から退散した。

ああ、せめて……、クビになる前に自分から辞表提出しよっと。


それから数日後、私は隣国ノイルブルクの王城にいた。

豪華で広い応接室の中央にあるやたらとふかふかしたソファーにちょこんと座って、持参した手紙をもう一度確認する。

差出人は書いていないが、これがノイルブルク王家の人間の手によるものであることは、封蝋《ふうろう》に押されたスタンプの紋章でわかる。――八枚翼のグリフォンなんて猛々《たけだけ》しい紋章、私はノイルブルク王家しか知らない。

ローテーブルに出された紅茶が、もうかなり冷めてきている――

いつになったら『担当者』ってのは来るんだろう。もしかして私、歓迎されてない？　場違いなところに来ちゃった？

でもこの手紙は本物よね、ここまで通されたんだもの。本物の王族からの、本物の手紙――

「はぁ」

一つ深呼吸してドキドキする胸を押さえ、封筒を開く。中には一枚の紙が入っていた。

これを手にできたのは、本当に偶然だった。

＊＊＊＊＊

婚約解消を言い渡された翌日、私は一晩かけて書き上げた辞表を持って所長室に入った。だがダドリー所長はおらず、彼のデスクに辞表の手紙をそっと置いた――、その時、入ってきた人がいたのだ。

「ダドリー所長、少々いいかのぅ」

たまたま研究所に来ていた隣国ノイルブルク大学のルーヴァス教授だった。

「ルーヴァス教授、こんにちは。ただいま所長は席を外していまして……」

「おお、アデライザさん。ちょうどいいところにおってくれたわい」

お爺ちゃん先生のルーヴァス教授は、白髪と白髭をたくわえた、いつもお菓子を持ち歩いている優しげなおじいちゃんである。

「え？　私になにかご用ですか？」

「おお、おお。ところで飴はいるかね？」

「ありがたくいただきます！」

このお爺ちゃん先生の飴玉は特別製で、頭がスッキリするのだ。あまりにも効果があるので以前こっそり成分を分析したことがあるんだけど、カフェインとかハーブのエキスとか一般的に流通しているものを使っているだけの、なんの変哲もない飴だった。魔法薬ですらないのにこの効き目はすごいと言わざるを得ない。

ポケットから缶を出し、差し出した私の手の平にぽとんと飴玉を落とす教授。

その白い飴玉を口に含むと、柔らかい甘さとともに脳が活性化するような気配があった。

「ん、おいしいです」

「そうかね、よかった。ところで、この研究所を辞めるおつもりなのかの？」

「え」

ドキッとしつつ教授の視線を追うと――私が出した辞表にたどりつく。

私は視線をさまよわせてから、あははと愛想笑いをした。

「えっと……、あはは、そうなんですよね」

「なぜそのような……、君はこの研究所にとって必要不可欠な存在だと思っておったが」

「いえそんな、私なんて好きなことを研究しているくらいしか能がない研究者です。できることといえば安い肉を霜降り肉に偽装する研究くらいで……」

必要不可欠な存在なら、ダドリー所長にあんなぞんざいに追い出されたりはしないだろう。結局、魔力のない私ができる研究なんて大したことがないんだ。

「しかし、炎のエレメントが生み出す微量の冷気を固定して幻素転換装置《げんそてんかんそうち》に取り込む理論を一から生み出して研究所大賞を受賞しなさったと聞いたぞ」

「あぁ、あれはついでみたいなもんでして。結局魔力のない私ができることなんて、たかが知れてるんですよ」

「君の場合は魔力の有る無しじゃないと思うがのう……」

「いえほんと、魔力がないってのはキツいんですよ、これが」

ルーヴァス教授が評価してくれるのは、とってもありがたいんだけどね。

魔力があったら婚約も解消されなかっただろうし、研究所を追い出されることもなかっただろうし……。そう思うと、あぁ、なんだか泣けてくる。

どこか遠くへ行きたい。妹もダドリー所長もいない、誰も私のことを知らない別の国に逃げ出したい……

「なるほどなるほど、ということは、なかなかのグッドタイミングということかのぅ」

「え?」

「君にこれを渡してくれと頼まれておってのぉ」

と差し出された封筒には、八枚翼のグリフォンの紋章が押された封蝋《ふうろう》があった。

差出人はないが、宛名が綺麗な筆記体で記されている。『アデライザ・オレリー様』と——

八枚翼のグリフォンといえば、隣国ノイルブルク王家の紋章だ。

隣国の王家から、私に手紙!?

これは飴玉で覚醒した私の頭でも理解が難しい事象である。

驚いていると、ルーヴァス教授は白い眉毛を上げて、興味深そうに私を覗《のぞ》き込んできた。

「おや。君はこれを見るのが初めてのような反応をするのじゃな？」

「そりゃそうです、だって初めてですし」

「……そうか」

教授は白髭を触りながら、ふむと興味深そうにうなずいた。

「なるほど、そうかそうか、そういうことか」

「なんですか？」

「いや、何通出しても無視されるから、直接渡して反応を見てきてくれ——とのことじゃったのでな。これで合点がいったわい」

「何通……出しても……？」

おかしいな、こんな手紙、私初めて受け取るけど。

「そうじゃ。つまり君への手紙は、今までは握りつぶされていたということじゃのう」

「え……」

私への手紙を、握りつぶす？　誰が――って決まってる、私の上司が、だ。つまりはダドリー所長が……。でもなんで、私に来た手紙を握りつぶしてたっていうのよ？

「いやいや、この仕事を引き受けてよかったわい。こんな老いぼれが若人《わこうど》の架け橋になれるとは、長生きしてみるもんじゃ」

ひとしきりうなずいてから、ルーヴァス教授は軽く会釈《えしゃく》をした。

「ではな、アデライザさんや。確かに手紙はお渡ししましたからの。ほっほっほ……」

朗らかに笑いながらルーヴァス教授は去っていってしまった。

そうして、私の手には王家の紋章が入った一通の手紙が残されたのだ。

独身寮に帰ってからその手紙をじっくり読んで、あまりの内容に、私はベッドに寝転がっていた。

明かりもつけていない暗い天井を見上げながら、手紙の内容を反芻《はんすう》する。

まず、今まで何度も何度も手紙を送ったこと、それに対する返信がまったくないことを尋《たず》ねる文言があり、次に、シンプルな本文が記されていた。

『アデライザ・オレリーをノイルブルク王国の第三王子、ルベルド・ノイルブルクの家庭教師として迎え入れたい』

最後に、この手紙を読んでその気になったらノイルブルク城まで来てくれと書かれてあった。

そう、私をヘッドハンティングしたいという申し入れだったのだ。これを私に知らせもせずに握りつぶしてたってことは……ダドリー所長、一応私の研究者としての成果は買ってくれてたってことよね……。それが今じゃ、婚約解消するわ研究所を追い出そうとしてるわで、正反対になっちゃったけど。

「……」

私は寝転がったまま暗い天井を見つめた。

今までの私なら、握りつぶされるまでもなく、こんな話には耳も貸さなかったはずだ。だってこの王立魔術研究所で好きなことを研究するのは楽しかったんですもの。しかもヘッドハンティング先の仕事は家庭教師ですって？　ルベルド王子ってのがどんな人かも知らないけど、私は誰かにモノを教えるより、研究に打ち込んでるほうが性に合ってるんだから。

でも今の私は、ダドリー所長に研究所を追い出されようとしている身であり、どうせ追い出されるなら！　ってダドリー所長にこっちから辞表を提出した身であり……

「うん」

私は起き上がって便箋《びんせん》を取り出し、もう一度丁寧に読んだ。

そして封筒に入れると、鞄《かばん》にしまう。

チャンスなんだと思った。研究所を辞めて行くあてのない私なんだから、このチャンスを逃す手はないんだと。王家に雇われるのならお給金だっていいはずだしね。

どこか遠くに行きたいと思ってたとこじゃないの。

退路がないのなら、示された道を進めばいいんだ。いけいけ、アデライザ！

＊＊＊＊＊

決断してからの私は早かった。

翌日には王立魔術研究所の独身寮から退所し、荷物を持って――といっても大した荷物じゃなかったけど――隣国ノイルブルクへ向かったのだ。

そして王城にたどりつき、手紙を門番に渡したら血相を変えられて、応接室に通されて、あとはお決まりの『担当の者をお呼びしますので少々お待ちくださいませ』の台詞《せりふ》。

そこからひたすら豪華な応接室で待たされて、そして私は今に至る、というわけ。

息をつき、手紙をもう一度改めて、封筒にしまう。

「はぁ――……、っ!?」

再びため息をついた私だけど、その息は途中で引っ込んでしまった。

応接室の扉がガチャリと開いたのだ。

現れたのは二十代半ばらしき青年だった。金髪碧眼で、顔立ちが整った美青年である。

「すみません、アデライザさん。お待たせいたしました」

私は立ち上がりながら首を振る。

「あ、いえいえ、お気になさらず。どうしたら今よりもっと食肉にうまく脂肪を差し込めるか考えいたらあっという間でしたわ」

すごーく待ったわよ！　なんて失礼なことは言えず、適当なことを言ってごまかす。

「はは、アデライザさんはすごいですね、さすが研究者さんです」

美青年はにっこり爽《さわ》やかに笑って、それから私に向かって席を勧めた。

「どうぞ、お座りください。あ、その前に手紙を拝見してもよろしいでしょうか？」

「はい、どうぞ」

手紙を渡し、私はもう一度ソファーに腰掛けた。

金髪碧眼の美青年は、渡した手紙をしげしげと読んでいる。彼は家庭教師案件の担当者なわけだけど、第三王子の教育係かなにかだろうか。

（面接ってことよね、これ……）

家庭教師になる気満々だった私だけに、その事実が重くのしかかってくる。

だってさ、あんな手紙でヘッドハンティングされたのよ？　面接なんかすっ飛ばして採用されると思うじゃない？

まあ、落ち着いて考えてみれば第三王子の家庭教師なんていう結構なお仕事なのだ。そりゃあ面接くらいあるだろう。

でも、この手紙があれば、きっとなんとかなるはずだ。なんてったって向こうからヘッドハンティングしてきたんだからね。

……そうであってほしい。

「ふむ……」

さっと手紙に目を通した担当者——金髪碧眼の美青年はその青い目を上げる。

「なるほど、わかりました。あなたを歓迎いたします、アデライザ・オレリーさん。いえ、アデライザ先生」

「え、は——」

思わず呼吸が止まるかと思った。先生、ですって？

つまり——、
やった、採用!!

ふぅ、一時はどうなるかと思ったけど……、よかった、よかった。

ほっと胸を撫で下ろす私に、美男子は爽《さわ》やかな笑顔を見せてくれた。

「紹介が遅れました、先生。私はノイルブルク王国第一王子のマティアス・ノイルブルクと申します。ようこそ我がノイルブルク王国へお越しくださいました」

「え……、お、王子様!?」

王子様自らが弟の家庭教師の面接官をしたっていうの？

そういえば着ているものが妙に豪華だわ……！

「すみません、てっきり第三王子殿下の教育係の方だとばかり………」

「弟がお世話になる方を決めるのです。兄である私が直接会ってお話をうかがうのは、なんらおかしいことではないでしょう。違いますか？」

「い、いえ、そんな。おかしいことなどこれっぽっちもありませんわ！」

うわぁ。弟思いのお兄さんって、本当に現実にいるんだ！

なんだか絵本の中の仲良し兄弟みたいで、癒《いや》されるぅ〜。

私なんて、父にはいらない子扱いされ、母には『失敗令嬢』と罵《ののし》られる始末なのに……。妹はいうまでもなくアレだし。使用人たちにすら白い目で見られてきたし。

なのにこの王子様ときたら！

（ああ、素敵すぎる……！）

私は感激して胸の前で手を組んだ。

「ああ、素敵すぎる……！」

口から出てしまった。

「え？」

「あ、いえ。王子様の家庭教師なんて、なんて素敵なんでしょう……！　ぐふふっ」

思わず含み笑いが出てしまう……笑い方がキモいのは自覚済みである。

とにかく採用だ、ありがたい！　これで無職の期間は可能な限り短くなったわ！

「素敵かどうかは……先生の働き次第、ですね……」

と含みを持たせるマティアス王子だった。

「先生には少し、弟のことを話しておきたいと思うのですが……」

「はい」

そうよね。

私の新しい仕事は第三王子の住み込み女家庭教師《ガヴァネス》だもの。仕事相手である第三王子のことは知っておきたいわ。

……かくいう私も、マティアス殿下に聞きたいことがあるしね。

マティアス殿下は一つうなずくと、青い瞳を伏せながら、静かに口を開いた。

「話を聞いた上で、先生には最終的なご判断をしていただきたいと。あとでこんなはずじゃなかった、となっても我々も困りますので……」

慎重な人ねぇ、マティアス王子って。

「……そうですか。実は私としてもうかがっておきたいことがありまして……」

「なんでしょうか？」

「第三王子の家庭教師という仕事そのものについてです」

一刻も早くイリーナから離れたい……裏切り者の元婚約者が所長の座についている研究所から飛び出したい……あんな国にいるのも嫌だ……そんな時に目の前にぶら下がってきたニンジンに飛びついてしまったわけであるが、落ち着いてみると怪しさ大爆発な仕事ではある。

「少し調べさせていただいたんです。ノイルブルク王国第三王子、ルベルド殿下のこと」

「……ほう。なにか気になることでもありましたか」

「十九歳の青年だそうですわね、ルベルド殿下は。しかも王都から遠く離れた静かな森の館に引きこもっていらっしゃるとか」

引き抜きの手紙を読んだ時には、もっと幼い、たとえば五歳くらいの少年かと思っていたんだけど……

住み込みの家庭教師をつけると言われて思いつく子供の年齢といえばそれくらいだしね。

でも少し気になってここに来る途中に調べられるだけ調べてみたら、ノイルブルク王国の第三王子って十九歳の青年だっていうじゃない。

そんな青年に女家庭教師（しかも住み込みの）をつけるなど、異例中の異例である。

いや、パッと思いつくことはある。

「その第三王子殿下に……自分でいうのもなんですが適齢期の私をあてがう、というのは……」

私はマティアス王子の青い瞳をじっと見つめながら言った。今から話すことで彼がどんな反応をするのか、見逃さないために。

「あなたは私のことを、森の別荘に引きこもった十代の若者を社交界に引っ張り出すための『お手つきのための練習女』にするおつもりなのではないでしょうか？」

「……まぁ、考えられないことではないですね」

マティアス王子は肩をすくめてふぅっと息を吐いた。

「弟のことを思えばこそ、そういった女性を用意するのもありうる話です。ですがそうだとしても、わざわざ隣国のあなたに声をかけることもありますまい。国内の適当な――と、言葉は悪いですが、我が国内にも適齢期の女性はいくらでもいるのですから」

「第三王子ともなれば相手の女性にもある程度の身持ちの堅さや身分も必要となるでしょう。となれば、後腐れのない年上の、隣国の貴族はちょうどいいのではないでしょうか？　しかも女家庭教師という口実があれば、大手を振って第三王子殿下にあてがうことができます」

　するとマティアス王子は目を丸くした。

「……少しびっくりしました。先生という方はずいぶんはっきり物事をおっしゃるのですね」

「研究者ですから」

　正確には元研究者、だけどね。

　とはいえ王子の情婦になるつもりはないのよ。

　疲れたのよね、男女の仲のアレコレっていうのは。妹も元婚約者の所長も……、もう、あっちはあっちで勝手にどうぞ！　って感じだし。

　もうああいうのはいいのよ、しばらくお休みしたいの。

　だからって仕事を辞退するってわけでもない。

　情婦候補として採用されたのならその逆をいってやろうと思っているの。

　つまり、第三王子に女として見られないよう最大限の努力をするつもりなのよ。

　だから、マティアス王子にははっきりとした情報をもらいたかった。私は情婦候補として第三王子の女家庭教師に選ばれたんだってね。

「研究者さんらしい、すばらしい推察だとは思います。ですが、違います」

　あらそうなの。肩透かしだわね。でも本当に？

　そこで、マティアス王子殿下は形のいい唇の端を上げて微笑みを作った。

「……先生には、どうやらきちんとした交渉をするのがよさそうですね」

その青い瞳で私を真正面から見つめてくる。

「先生に期待するのは、本当に家庭教師としての仕事と、それから……スパイの仕事なんです」

「スパイ……？」

スパイって、敵の情報を秘密裏に探る人のことよね？

情婦候補よりうさんくささくて罪深そうな仕事を仕込んでるじゃないの、この王子様。ていうか、引きこもり青年のなにをスパイしろっていうのよ？

「弟は……」

マティアス王子殿下は私を見つめたまま話しはじめた。

「弟はよくわからない魔術研究にのめり込んでいて、もうしばらく別荘から出てこないような生活をしているんです」

「魔術研究？」

その情報は存じ上げなかったわ。

私が調べられたのは、ルベルド殿下が十九歳であることと、森の館に引きこもっているということだけだったから。

王族にしてはずいぶん噂話が少ないと思っていたけど……どうも第三王子についてはある程度の情報操作がされているようだ。

「食事や睡眠など最低限の生活はしているようですが、それ以外はずっと部屋にこもりっぱなしだという話です。部屋から一歩も出てきません。使用人も近寄らせないそうで、ここ数年、弟の顔をまともに見たことがある人間はごくわずかだとか」

ああ、よく研究者にいる研究にのめり込むやつね。

私も研究で引きこもる時期があるからわかるわ。

「……それで、スパイとは？　第三王子のその研究内容を探れ、ということですか？」

「そういうことです」

と、マティアス王子はうなずいた。

「私は弟が心配なのです、先生。このままではルベルドはいずれ壊れてしまうでしょう。そうなる前に、弟がなにをしているのか……それを知りたいのです」

「でもおかしいですわねぇ」

私は少しわざとらしいくらいに首をかしげる。

「弟さんがなにを研究しているのかなんて、そんなのご自分でお聞きになればよろしいじゃないですか。ご兄弟なのですし」

しかも家族仲のいい、絵本の登場人物みたいな理想的な兄弟のはずである。

直接聞いちゃえばいいじゃない。お前が心配だから研究内容を教えてくれって。

だがマティアス王子は悲しげに首を振ったのだった。

「……私ではダメなんです。私は王家の魔力を継いで生まれてきました。魔力のある私には、弟は心を開いてくれないのです……」

「どういうことですか？」

「弟は……、魔術の研究なんてものをしてはおりますが、魔力自体は持っていないのです」

「魔力が、ない……」

どこかで聞いたことのある話だ。

魔力もないのに魔術研究をしていて、『魔力持たぬ魔術師』なんて異名を与えられるような変わり者の研究者の話……

「そうです。ゆえに、弟は『魔力持たぬ魔術師』と呼ばれております」

「それは……」

「はい。先生の異名も同じであると……、そうお聞きしました」

「なるほど。それで私ってワケですか。同じ異名、同じ境遇だから共感しやすく心も許しやすいだろう、と」

「はい、そういうことです。スパイについては家庭教師代とは別にあなたの望む額を報酬《ほうしゅう》としてご用意いたします」

おお、すごい。言い値か。

それだけの価値が弟の研究にあると、この王子様は判断しているのだ。

ただ心配ってだけじゃないでしょ、絶対……

「それから家庭教師として先生に求めることですが」

そこまで言って、マティアス王子はふぅっと息をついた。

「……弟は本当に魔術以外のことをなにも知らないんです。あれでは将来引きこもるのをやめて社交界に出てきたとしても、うまく立ち回ることなど、とてもじゃないができません」

なるほど。王族ならではの問題がそこにある……ということね。

「それを私に教えろと？　それこそ難しいですね。自慢じゃないですが私も社交界の経験はほとんどありませんし、人に教えるほどマナーに詳しいわけでもありませんわ」

十二歳で寄宿学校に入ってからこっち、数えるくらいしか実家に寄りつかなかったから……。そんな私の社交界経験といえば、社交界デビュー《デビュタント》の舞踏会とそれからほんの数回、嫌々パーティに参加したくらい。社交界の入り口に立った経験がある、くらいのものである。こんな私になにを教えろっていうのよ？

「先生に教えていただきたいのは、たとえば国の歴史や文学などの常識的なこと——言ってみれば、魔術以外の雑学です」

それは、つまり……

「……第三王子殿下に、社会復帰のための常識的な知識を与えろ、ということですか」

「ハッキリ言ってしまえばそうなります」

「その上で第三王子殿下の研究結果を探れ、と……」

「先生ならできると、私は信じております」

スパイと家庭教師……、その二つを同時にしろというのだ。なんとも盛りだくさんな仕事内容である。

「弟は孤独なのです、先生。ですが同じ境遇のあなたにならきっと心を許すでしょう。ですからどうか……、どうか弟の研究がなんであるかだけでも、探っていただけませんか」

そっちが本題か、と思う。そりゃそうだ、なにせ言い値の仕事なのだ。

「…………」

私は思わず黙り込んでしまった。

この仕事──いや、このマティアス王子殿下、爽《さわ》やかな笑顔に反比例するかの如く、どうにもうさんくさい。

思い切って王立魔術研究所に戻ったほうがいいんじゃないか、という気さえした。

辞表を元婚約者であるダドリー所長の机の上に叩きつけたっきり、事後処理は知らんぷりして出てきてしまったけれど……。それでも頭を下げてもう一度雇用してもらうとか……。すみません、あの辞表を取り下げさせてください、って。

実家に帰ることは最初から考えていない。私を厄介者扱いするのが目に見えているもの。特に今は妹が妊娠してダドリー所長と幸せにやろうってところだから、ほんとに、元婚約者の私はただのお邪魔虫よ。

──が。

困ったことに、好奇心があった。

魔力を持たぬ若者が引きこもってする魔術研究……。それを探れという彼のお兄さん。

しかも、若者は第三王子様、お兄さんは第一王子様だ。

魔術研究に携わってきた身としては気になっちゃう。第一王子殿下が知りたがる、第三王子殿下の研究内容ってなによ。しかも直接聞くことができないようなものって……？　研究者を言い値でスパイとして雇うほどの研究なのよ。いったいなにを研究しているっていうのよ、第三王子ルベルド殿下は。

この仕事を受ければ、私もその研究に一枚噛むことができるのだ。

情婦候補でもスパイでも家庭教師でもなく、研究者としての本能が囁《ささや》いている。

――アデライザ、気になるんだろう？　仕事を請け負って研究を見届けてみては？　なにか気になるままだなんて、身体に悪いじゃないか。気になって気になって、きっとそのうちコーヒーだっておいしく飲めなくなっちゃうぞ。

その声がマティアス王子への不信感に勝ってしまう自分に心の中で苦笑しながら、私はうなずいた。

「……わかりました。私でよければお引き受けいたしましょう」

「ありがとうございます、先生！」

ぱっと顔を輝かす第一王子。おお、気が早いこと。でもね王子様、こっちにも考えがあるのよ。

「でも一つ条件があります」

「……なんでしょうか？」

言葉少なく微笑みながら、慎重に私の出方を見定めようとする王子様。思うところもあるだろうに、腹になにかを納めておくのがなかなかにお上手な方だ。だからうさんくささが出てきちゃうんだろうな。

「この件、私に一任していただきたいのです」

「それはどういうことですか？」

「ルベルド殿下へのスパイのやり方も、知り得た情報の報告のタイミングも、もちろん家庭教師としての指導内容も、すべて私に決めさせていただきたいのです」

「先生もなかなか厳しいことをおっしゃいますね……」

……ここが取引のしどころみたいね。

「嫌ならこの話はなかったことにしてくださいませ、殿下。さようなら」

「まっ、待って。待ってください、先生……」

腰を浮かした私をマティアス王子は慌てて止めた。整った表情に、見るからに焦りが浮かんでいる。おやおや、ビックリしたのを腹に納めきれなかったみたいね。私の言動が予想外すぎたのかしら？

マティアス王子はコホンと咳払いを一つして仕切り直した。

「……失礼いたしました。こちらからいくつか提案させていただいてもよろしいですか？　できるだけ先生の希望を取り入れますので……」

「えぇ、もちろんですわ」

なんとか王子の妥協《だきょう》は引き出せたようだ。

ま、ざっとこんなもんよ。

第二章　新たなる日常

というわけで、マティアス王子との面会から二日後。

私は馬車に三時間ほど揺られ、鬱蒼《うっそう》とした森の奥に佇《たたず》む館へやってきた。

玄関ホールは、森の中の館にしては豪華なものだった。大きなシャンデリアが天井につり下げられていて、大階段が二階へ続いている。

その大階段の前にずらりと並んで、私を出迎えてくれたのはこの館の使用人のみなさんだった。

ざっと見た感じ二十人前後ってところかな。なんか――妙に人数が多くない？　いくら王族の世話をするためとはいえ、王子一人に対して二十人の使用人って……、ちょっと多い気がするんだけど。

まあとにかく、私は早速彼らに挨拶することにした。

実家のオレリー伯爵家では使用人たちにすら白い目で見られていた私である。新しい職場であるここではそんなことがないように、できるだけ印象のいい挨拶を一発かましておきたいと思ったのだ。

って、実はもう台本は頭の中でできてるのよね～。

私はパッと笑顔になって、使用人のみなさんに挨拶をはじめた。

「はじめまして、みなさん！　私の名前はアデライザ・オレリーです。好きな色はピンク、好きな飲み物はコーヒー、好きな本は『九幻素における魔力の結晶構造～魔界概論～』、専門分野は食品偽装！　好きな音楽はカルテットです！　好きなモノで自分を紹介してみました！　これからよろしくお願いしますっ！」

そしてスカートの端をつまんでの淑女の礼《カーテシー》。

ニッコリ笑顔も忘れない。これで好感度アップ間違いなしだろう。

（さあどうよ？　みんな私のこと好きになった？）

しかし……、反応がない。シーンとしている。誰も口を開かないのだ。

あれれーおかしいぞぉ～？　と思っていたら、執事服を着た白髪の老人が反応した。

「赤月館《せきげつかん》へようこそおいでくださいました、アデライザ先生。私はこの館の家令でございます。なにかお困りのことがございましたら、遠慮なくご相談くださいませ」

と、穏やかな笑顔でにっこり微笑みながらご挨拶。

私の自己紹介はスルーされてしまった。……まあ、いいや。うん。まだ挽回のチャンスはあるだろうしね！

ところで赤月館というのはこの館の名前だろうか。

深い森の中にある館に相応しい、静かな雰囲気の綺麗な館名だなぁ……

ところで家令ってことは、この白髪の老人が使用人たちのリーダーってことね。よしよし、覚えたぞ。

「ありがとうございます。ではさっそくですが、ルベルド様はどちらに？　挨拶をしたいのですが」

仕事相手だしね！　しかし、いくら首を回して捜しても、引きこもって研究をしていそうな青年の姿は見当たらなかった。

「今は、その。研究室にいらっしゃいますので、誰ともお会いになりませんかと……」

「そうなんですか」

マティアス王子に教えられた通りってことね。今日も今日とて研究室に引きこもって研究をしている……

自分の家庭教師が着任してその挨拶が行われているっていうのに、当の生徒本人であり館の主人でもあるルベルド第三王子殿下は研究優先で出てきやしないとは。

……まぁ一筋縄ではいかないわよね、そりゃ。

私が家庭教師としてここに来た理由がそれだもの。

十九歳の引きこもり第三王子に社交界の常識を叩き込むこと。その裏に――ルベルド王子の研究がなんなのかを突き止めるっていうスパイのお仕事もあるけれど。

「アデライザ先生」

ここでするべき仕事を思い意気込む私に、声がかかった。

見てみると、ぞろりと並んで出迎えてくれた使用人の列の後ろに背の高い金髪の青年がいる。細身だが筋肉質、年齢は十代後半といったところか。

「はじめまして、先生。僕はルベルド殿下の護衛騎士をしております、クライヴ・リフキンドと申します。僕がルベルド殿下のところにお連れします」

「ク、クライヴ殿。坊ちゃんに怒られますぞ」

「大丈夫ですよ、殿下だって新しい家庭教師は気になるでしょうし……」

私は首をかしげた。彼の言い方に引っかかりを覚えたのだ。

「新しい家庭教師？」

まるで古い家庭教師がいる、みたいな言い方じゃないの。マティアス王子は前任の家庭教師のことなんて一言も言ってなかったけど。

家令のお爺さんは血相を変えてクライヴさんを諫《いさ》めようとする。

「クライヴ殿、それは……！」

「隠していてもすぐにバレます。先生……、実は家庭教師はあなたが初めてではないのです」

「あらまあ、そうなのですか」

やっぱりそうか。まったくもう、言ってくれればいいのに、マティアス第一王子殿下ったら。

こういう些細《ささい》なことを隠されると、他にも疑いの目が向いちゃうものだ。もしかしてまだなにか隠してたりして？　ってね……

マティアス第一王子殿下への信頼度がまた一つ下がったところで、私は口を開いた。

「でも前任の家庭教師はどこへ行ったというのですか？　見たところ他に家庭教師は一人もいらっしゃらないようですが」

出迎えてくれた人たちはみんな使用人のお仕着せを着ていたり、見るからに庭師な感じのおじさんだったりで、私と同じ家庭教師という立場に見える人はいなかった。

私の前にも家庭教師がいるというのなら、その人がいてもおかしくないと思ったんだけどなぁ。

それに答えたのは一人の若いメイドだった。

「先日、殿下に相手にされず泣いて館から逃げていかれました」

え？

私は思わずぎょっとしてそのメイドを見た。

黒い髪に黒い瞳の、綺麗な顔だが表情がない少女だ。十代後半ってところかな。まるで感情のない人形のような……

「えっと、あの。前任さんはクビになったということですか？」

戸惑いつつ聞いてみると、少女はこくんとうなずいた。

「そうです」

「ロゼッタ、もうちょっと言い方に気をつけて。アデライザ先生は後任なんだから」

クライヴさんが慌てたように割って入るが、ロゼッタと呼ばれたメイドは動じない。

「クライヴ様は黙っていてください。私は本当のことを申し上げたまでです」

「だからって今日来たばかりの人にそんなこと言うもんじゃないだろう」

「それを言うならクライヴ様こそでしょう。クビになった家庭教師がいたことなど、今日来たばかりの家庭教師の先生に言うようなことではありません」

「僕は単に、アデライザ先生の前にも家庭教師の先生はいたと言っただけだよ」

「では私だってそうです。前任の先生が体験なさったことをアデライザ先生が経験なさるのだとしたら、あらかじめお伝えしておいたほうが先生も対処のしようがあるかもしれません」

うーん。これはロゼッタさんのほうが正しいような気がするわね。

しかし殿下に相手にされずに泣いて出ていったって、穏やかじゃないわ。前任者さん、どんな扱いをされたっていうのかしら。

そんな疑問を持つ私の前で、ロゼッタさんとクライヴさんは言い合いを続けていた。

「ロゼッタ、そんなこと言ってさ。君は単に殿下に若い女性を近づけたくないってだけなんじゃないか？　だからアデライザ先生のこと警戒してるんじゃ……」

「誤解したいのならどうぞご勝手に。殿下に近づく女性の受けるショックを、少しでも和《やわ》らげてさしあげたいだけです。それに警戒するのであれば女性に限らず——万人に対してですので」

すっ、とその場にいる約二十人の使用人たちに視線を流すロゼッタさん。その視線を受けて、顔を背ける使用人もいたりして……って、どういうことなのよ。警戒されるような心当たりがあるってこと？

と新たな疑問を抱く私の前で、言い合いは続く。

「殿下のことは、異性としては見てないってことかな」

「質問の意図がわかりません。私は殿下に直接雇われた身です、殿下の身の安全を第一に考えているだけです」

「そうか、よか——いや、別になんでもないけど」

あからさまにホッとしたような態度のクライヴさん。え、なにこれ。どういうこと？　私なに見せられてるわけ？

いきなり目の前で青春の一幕が演じられてる？　唐突に、なんなのこの二人？　二十人はいる使用人たちの前でなにやっちゃってるのよ？　こ、これが若いってことなの？

「……ぐふっ」

私は思わず含み笑いしてしまった。

護衛騎士クライヴさんが気まずそうに、専属メイドロゼッタさんが無表情にこちらを見る。

あ、やばいやばい。キモい笑い声を聞かれてしまった。

私は咳払いをしてごまかしつつ、にっこりと微笑んだ。

「し、失礼しました。お二人とも仲がおよろしいのですね」

「は……え、いえ、その、はい、あの、僕たちは、別にそういうわけでは……」

クライヴさんがしどろもどろになりながら否定すると、

「仲良くなどありません。ただ職場が同じというだけの人です」

ロゼッタさんは冷たい視線を投げつける。

噛み合ってない～！　クライヴさんからの一方通行ってことかな。

でもそこが可愛い。尊い。癒《いや》される。若いっていいなぁ。なんだか見てるこっちの胸がこそばゆくなるっていうか……ああ、なんだかありがたい……！

森の中の館に引きこもって研究をしている第三王子……。その言葉から館自体がどんよりした空気にでも包まれているのだろうと思っていたけど、館の主人が若いからか意外と職場恋愛的な華がありそうな場所なのね、ここって。

「ではアデライザ先生、お荷物をお預かりいたします」

とロゼッタさんが言ってくれたので荷物――といってもトランク一個をロゼッタさんに渡すと、彼女はそれを持ってクライヴさんを見た。

「クライヴ様、先生を殿下のお部屋へ案内してください。私は荷物を先生のお部屋に運んでおきますので」

「……いいけどね、別に。仕切るのは君じゃなくて家令だろうに」

「よろしいでしょうか？」

「ええ、ええ。ロゼッタさん、頼みました」

と、人がよさそうに家令のお爺さんが微笑むのを見て、ロゼッタさんはうなずいた。

「了解はとりました。クライヴ様、よろしくお願いいたします」

「……わかったよ」

不承不承うなずくクライヴさんだった。

＊＊＊＊

「すみません。驚かれたでしょう」

先だって二階の廊下を歩きながら、クライヴさんが謝ってきた。

「主であるルベルド殿下が部屋に引きこもっておりまして、どうにも使用人たちの統率がとれていなくてですね……」

「いえ！　全然大丈夫です。むしろ興味深かったです、若いっていいなぁって」

「どういうことですか、それ？」

「あれ、気づいてないんですか？　クライヴさんずっと顔がニヤけてますよ」

「はっ⁉」

指摘されてクライヴさんは顔をこするが……

「あはっ、冗談です」

「……そ、そういう冗談は心臓に悪いのでやめてください、先生」

「心臓にキュンキュン負担かかっちゃいますもんね」

「え……？　い、いえ。そういうのではなくてですね……」

赤面するクライヴさんに、私はまたぐふっと含み笑いをした。

（この子、可愛いいいぃいいいい！）

この、初心《うぶ》な反応――。ああ、いいわ。うんいいわ。

私だって自慢じゃないけど年齢より若く見られるけどね、やっぱり本物の若さには勝てないのよ。

勝つ気もないけどね！

ああ可愛い。ああ尊い。若いっていいわぁ。

なんて内心ぐふぐふしていると。

「あの、先生？」

「あ、ごめんなさい。つい。ぐふっ」

「……はぁ」

クライヴさんは呆れてため息をついていた。

いけないいわ、初顔合わせだっていうのに変な印象持たれちゃう！　ここは一つ、目端が利く感じなことを言っておこう。

「そういえばロゼッタさん、警戒するのは万人――とか言ってましたけど」

そして、その言葉から逃げるみたいに視線を逸らしていた人が複数人いた……

「あれってどういうことなんですか？　この館には殿下の――」

スパイでもいるんですかと聞きそうになり、私は言葉に詰まった。

まさに、私がそれだから！

え、待ってよ。じゃあ私以外にもスパイはいるってこと？　というか殿下のスパイを警戒するロゼッタさんって何者なの？

「あっ……、ご、ごめんなさいね、こんなこといきなり聞いたら失礼よね」

「ロゼッタは、専属メイドだから」

前を見たまま、クライヴさんは寂しそうに口を開いた。

「ああ――えっと、専属メイドっていうのはいつも主人の身近にいて、まず真っ先に主人を守る専門の侍女のことです。だからロゼッタは殿下が個人的に雇っている用心棒みたいなもので……」

鼻の頭をかきながら、クライヴさんは眉根を寄せる。

「……つまり、ロゼッタは殿下を守るのが仕事なんです。ロゼッタにとってはすべての人が警戒対象なんですよ」

「そうなんですか、それはそれは……」

じゃあ、私も警戒対象に入っちゃうのね、きっと……。つい苦笑して歩きながら天井の隅を見上げてしまう私だったけど、なんとか適当に言葉を繋《つな》げた。

「すごいですね、ロゼッタさんって見た感じまだお若いのに。歴戦の強者感がありますよね」

「実際強いですよ、ロゼッタは。精神的にも、肉体的にも」

精神的にも、肉体的にも。……そう言う彼の背中が、なんだかちょっと嬉しそう。ロゼッタさんのそういうところが好きなのかな。

「専属メイドは騎士と違って体術のほうが専門なんですけど、ロゼッタは結構な使い手なんです。僕とも模擬試合してくれるんですよ。あ、もちろん僕も素手でやるんですけど……やっぱり専門家には勝てなくて」

「へぇ、すごい！」

あの無表情な美少女が敵のパンチやらキックやらを無表情にさばいて、うなじにストッと手刀入れてダウンとっちゃうということか。かっこい〜！

「ロゼッタさんの格闘シーン、ぜったい格好いいですよね。見てみたいなー！」

「じゃあ、今度僕とロゼッタの模擬試合を見てみますか？」

「いいんですか？　楽しみ！」

クライヴさんは柔らかい笑顔を浮かべる。

「先生が見るんなら格好つけないといけないな。いつも僕が負けてるから……」

「あら、そんなこと言って。ほんとはロゼッタさんを傷つけたくなくて手を抜いてるとか？」

この子、そういうことしそうだし……！

するとクライヴさんは慌てたように頭を振った。

「そんな余裕、ないですよ。まあ女の子にはあんまり危険なことはしたくありませんけど」

「あらま」

思わずまたぐふりと笑ってしまう私。

女の子にはあんまり危険なことはしたくない、かぁ。研究所にいたころの私なんて、結構進んで危険な実験してたし、それを止める人もいなかったけどね……、ダドリー所長ったら、私のこと放っておいてさ……

それに比べてどうよ、クライヴさんのこの態度は。こういうのっていいわよね。ああ、癒《いや》される。

オトナの汚い恋に破れた私には、こういう初々《ういうい》しくて瑞々《みずみず》しいやつが染みるのよ。

ああ、若いっていいわ〜。

「やっぱりクライヴさんはいい人ですね」

「いい人……なのかなぁ。でもいつか、剣を使って本気で戦うことになる時が来るかもしれませんね」

　少し寂しそうに言うクライヴさん。

「ロゼッタさんとクライヴさんが、本気で戦う……？」

「……ロゼッタの警戒対象には僕も入ってるってことです」

「えっと、それって……」

　クライヴさんは、確か殿下の護衛騎士っていう話だったけど、『殿下に直接雇われている』ロゼッタさんと本気で戦う時がくるかもしれないってことは、クライヴさんのほうは殿下に直接雇われてるわけではないってことよね……？

　ロゼッタさんの態度からも透けて見えたけど、なんだか複雑な裏がありそうね、ここの人たちって。

　思索《しさく》にふける私の前で、クライヴさんは立ち止まる。

「っと、ここです」

　彼が指さすその扉には、『研究室』『許可無き立ち入りは禁ず！』との張り紙が、まるで威嚇《いかく》するようにドアに貼りつけある。

　クライヴさんはそのドアをノックした。

「ルベルド殿下、失礼いたします。ルベルド殿下！」

「誰だ？」

　中から男性の声が返答する。

「クライヴです。アデライザ・オレリー先生がおつきになったのでお連れしました」

「おお、やっと来たか。っていうかなんでお前が連れてくるんだよクライヴ、ロゼッタはどうした？」

「ロゼッタはアデライザ先生の荷物を部屋に置きにいっています」

「すぐこちらに来るよう言ってきてくれ。茶を用意してもらいたい」

「かしこまりました」

礼をするクライヴさんは、私に凜々《りり》しい視線をそっと向けた。

「どうぞ先生、お入りください。僕は殿下の部屋に入ることを禁じられておりますので、ここまでです」

「ここは壊れやすい器具やら装置やらが多い。お前みたいなガサツなやつは部屋に入れられねぇよ」

なんて声がすかさず室内から飛んでくる。

クライヴさんは私に苦笑してみせた。

「……お気になさらず、先生。僕はロゼッタに殿下の言葉を伝えてきます」

「そうそう、それがいい。さっ、先生入ってくれ」

確かに、部屋に引きこもって研究をしているし、人を近寄らせようとしない青年ではある。

だけど、なんだかマティアス第一王子から聞いた話と様子が少し違う気がした。

話から想像していたような陰鬱《いんうつ》さを、声からは感じないのだ。なんていうかカラッとしているというか……

「では失礼いたします」

まあ、なんにせよ。

ついに仕事相手の生徒とのご対面だ。

＊＊＊＊＊

研究室の中に入ってまず目についたのは、ところせましと置かれた実験器具やら壁一面の本棚やらだった。

中でも目立つのが本棚を避けるようにして壁一面に張り巡らされた管で、まるで蜘蛛《くも》の巣のように複雑な模様を描きつつ、一つの大きなかまどのような機械に繋《つな》がっている。

この装置は……

「珍しいか？」

さっと視線を走らせて研究室内を観察する私に、部屋の奥にいた男性が椅子ごと振り返った。

少し癖のある黒い髪に、赤い瞳。顔立ちは非常に整っていて、まさに美男子という感じ。年齢は事前に調べた通りだと十九歳。確かに、ちょっと幼げな感じが十九歳っぽい。

ただ日に当たっていないであろう肌は真っ白で、目の下にも少しクマが見える典型的な研究者の風貌であった。とてもじゃないが、健康的な生活をしているようには見えない。

この人が、引きこもり研究者のルベルド第三王子か。

それにしてもイケメンねぇ。さすが王子様。

っと。そういえば相手は王族だったわ。

私はスカートの端をつまむと、淑女の礼《カーテシー》をした。

「はじめまして、殿下。私はアデライザ・オレリーです。殿下の家庭教師として赴任《ふにん》して参りました。今日からよろしくお願いいたします」

「俺の質問に答えてくれ。これが珍しいか？」

彼は張り巡らされた配管と、それに繋《つな》がるかまどを指差しながら聞いてくる。

なんなのこの人。挨拶を返さないとか……

……まあ、仕方ないから答えるけどさ。

私は呆れた気持ちをふぅっとため息とともに吐き出すと、うなずいてみせた。

「珍しいか珍しくないかでいうと、かなり珍しいですね」

「……そうか、先生もこれまでの家庭教師と同じってことか」

がっかりしたように肩を落とす殿下。

「ルーヴァス教授の紹介だから期待してたんだけどな。やっぱり話半分で聞かなきゃダメってことか……」

「は？」

「次にあんたが言う台詞《せりふ》を当てようか。こんなもの見たことないですぅ〜、これってなんですかぁ～、だ」

ちょっとちょっと、なんでこんなにしょっぱなから攻撃的なのよ、この人は？　でも相手は王子様……落ち着け、落ち着くんだ私。

私はふっと鼻から息を出して、ムッとする心を落ち着けた。オトナの余裕ってやつを見せてやるわよ、王子様！

「まさか研究所以外でこれを見ることになるとは、という意味で珍しいと言ったのです。しかも最新型でしょう？　私が前にいた研究所で使っていたものより小型化されていますからね」

「こいつがなにかわかってるってことか？」

「愚問です、見慣れてますので。これは幻素用蒸留器。素材から魔術幻素を取り出す機械ですわ。取り出された幻素は実験だけでなく様々な用途に使用されますわね」

こんなものを自分の館に持っているだなんて。第三王子が魔術研究をしている、というのは本当なのね。本棚にはぎっしりと本が詰め込まれているし……、研究に関しては相当勉強熱心ではあるみたい。

ちょっと態度に問題があるけど！

「正解！　……ふふっ」

嬉しそうに笑うルベルド殿下。……その笑顔に思わず目が引かれる。態度は傍若無人《ぼうじゃくぶじん》だけど、イケメンはイケメンなのよね……

「前言撤回。やっぱりルーヴァス教授には感謝だ」

「……先ほどからルーヴァス教授のことをお話になっていますが、殿下はルーヴァス教授と面識がおありなのですか？」

「俺の師匠みたいなもんだよ。研究に詰まったらいろいろ聞いてもらってる」

「あら、そうなのですか」

まあルーヴァス教授はもともとノイルブルク大学の教授だし、自国の第三王子と面識があってもおかしくないか。

「アデライザ・オレリー、か」

殿下は顎《あご》に手を当てると、私をじっと見つめてきた。赤い目が、少し細められる。

「教授から聞いてるんだけどさ、あんたってかなりの変わり者なんだって？」

「初対面の女性に言う台詞《せりふ》としては適さないですわね、それ」

というかルーヴァス教授、なにをルベルド殿下に吹き込んだのよ！

「おっ、否定しないんだ。ってことは自覚あり？」

「魔力がありませんからね。それだけですわ」

普通、貴族ともなれば魔力を持っているものなのだ――例外もいるけどね。たとえば、私みたいに。って、それを言うなら殿下もか。

「それを変わっていると判断なさるかどうかは、殿下にお任せします。ただ正直なことを申し上げますと、私はただ好きな研究をしている――いえ、していただけの、しがない研究者です」

過去形なのが辛いけど、事実だ。受け入れるしかない。

「おーおー、跳ねっ返りだ」

「それも初対面の女性に言う台詞《せりふ》じゃありませんわね」

ふぅ、と肩をすくめながら言ってやると、殿下はにやっと笑った。

「へぇ、いいじゃん。それくらい気骨があったほうが俺は好きだよ」

その笑顔には無邪気さがあって、やっぱりちょっと可愛い。

……いや、違う違う。なにを思ってるんだ私は。相手は年下男とはいえ王族よ？

「自己紹介しないとな。俺はルベルド・アカツキ・ノイルブルクだ。ノイルブルクの第三王子をやってる。アデライザ・オレリー、このたびは俺の招聘《しょうへい》に応じて家庭教師として参じてくれたこと、感謝する」

そう言いながら手を差し出してくるルベルド殿下。

「……殿下の、招聘《しょうへい》？」

手を握り返しながら、私は殿下に問いかける。

「そう。俺が出した手紙を受け取ったから、あんたはここに来たんだろ」

「え……」

あれってルベルド殿下からの手紙だったのか。てっきりマティアス第一王子殿下からかと思ってた。面接してくれたのがマティアス殿下だったから……

「……兄貴か」

私の戸惑いに、鼻の頭に皺《しわ》を寄せてルベルド殿下が言い捨てる。

「クライヴがあんたを連れてきたのもそういうことか。まったく、兄貴も余計なことするもんだぜ」

「まあ、その言葉は撤回なさったほうがよろしいですわよ。マティアス殿下は弟であるルベルド殿下のことをとても心配なさっておいでてでしたから。というかクライヴさんとマティアス殿下って、どう繋《つな》がるのですか？」

「兄貴が心配してるってのは、そりゃそうだろうなって感じだな。俺がなにをしでかすか、気が気じゃないだろうから」

「…………」

私は思わず黙ってしまった。

だって、マティアス王子が気が気じゃないのは私もよく知っていて、そのために私はここにいるのだから――そう、マティアス王子のスパイとして。でも最初に家庭教師の話を持ってきたのはルベルド王子だったのね……

「さ、それより自己紹介も終わったんだし、質問タイムに突入するか。ほら、座って座って」

ルベルド殿下は私のことをソファーに座らせる。

ふかふかなソファーに座って、目をパチクリさせる私。

え、ちょっと。なんなのよ？　ていうかクライヴさんについて教えてもらってないんだけど？

「じゃ、質問ね。先生って何歳？」

うわ、いきなりこれ？　なんて礼儀のなってない王子様なの。

いきなり女性にここまでストレートに歳を聞くなんて失礼なこと社交界でしたら……いくら王家の人間でも、それ以降また引きこもりに戻らざるを得なくなるくらいぶちのめされて沈められるだろう。マティアス第一王子殿下がルベルド殿下の将来を心配するのもわかるわ。

確かに彼には教育が必要だわね……

まあ聞かれたからには答えるけどさ。

「……二十三歳です」

「二十三歳か、それなら適齢期ってやつだよな。俺よりちょいと年かさだけど。俺と結婚したいか、先生？」

「は？」

突然そんなことを言われて私が思わず声を上げると、ルベルド殿下は赤い瞳でにっこり笑った。

「兄貴に紹介されてここに来たやつはみんなそうだったからさ。王子様と結婚して玉の輿《こし》！　って、まあ鼻息荒くして媚《こ》びてくる媚《こ》びてくる。そういうの興味ないから無視してたら、みんな泣いて逃げちゃって」

ああ、あれってそういう意味だったのか。

ロゼッタさんが言っていたこれまでの家庭教師たちの末路――『殿下に相手にされず泣いて館から出ていった』。

どうやら色目が通用せずに無視されて逃げ出した、というのが真相みたいね。

気の毒なことだわ……

自分以前の家庭教師がどんな人たちだったのかは知らないが、女っ気のない十九歳の第三王子と一つ屋根の下で暮らすことになるのだ。年頃の娘ならば、そこに玉の輿《こし》を夢見るのは当然だろう。

そんな当然なことを否定されるのは、辛い。

しかもこんな野生児みたいな王子様に……

「先生も俺に興味あるのかな、と思ってさ」

ここはオトナの余裕を見せないとね。

「残念ながらありませんわね。だいたい私、少々オトナの事情がありまして、そういうことからは少し距離を置くことにしたんです」

だって私、妹に婚約者を寝取られてるのよ。しかもその婚約者って、私に『お前を愛している、お前を手放したくない』とか言いながら私の妹と会って、ちゃっかり妊娠させてるようなクズなのよ。しかもそんなことをしたくせに、自分は悪くない、むしろ浮気させたお前が悪い！　とか言ってくるような救いようのない馬鹿なのよ……

正直、もうしばらくは色恋とか結婚とかには近づきたくない。あ、他人の色恋事情を見るのは別よ！　あれは面白いエンタメだから。ただ、私から矢印を出したり、私に矢印が向かってくるっていうのがダメなの。

それはほんと、もう勘弁だ。

「へぇ、オトナの事情って？　もしかして妹に婚約者寝取られた、とか？」

「ぐっふぅ……」

思わずぐぅの音が出てしまったわ。

……この人、私のこと調べたわね？

黙る私に、ルベルド殿下はニヤリと笑う。

「悪いな、先生。お察しの通り、先生のことはリサーチ済みってわけ。婚約者に裏切られて一方的に婚約解消、しかも寝取った妹が妊娠してて実家はお祝いムード一色。もとからなかったあんたの居場所はさらになくなってしまった、か。可哀想にねぇ」

……殿下のニヤニヤ笑いがムカつくけど、正しい情報だわ。

「調べたのならわかるでしょう？　しばらくそういう気にはなれないんです。あしからずご了承くださいませ」

「でも先生。婚約解消されたってことは今フリーなんだろ？」

「あなたには関係ありません」

「恋の痛手は恋で癒《いや》すのが手っ取り早いぜ？」

「……なに言ってるんですか、殿下」

「いやね、アデライザ先生って正直かなり俺のタイプなんだよ。だから俺があんたを癒《いや》してあげようかなーって」

「他人の恋を見て癒《いや》しますからご心配なく！」

ここにはクライヴさんという恋する青年がいるしね！　彼の恋を見て癒《いや》されるわよ！

「あ、もしかして年下は男として見られないとか？」

「あのですね、殿下。年下とか年上とかそういうのは関係ないんです。今はそういう気分にはなれないというだけのことですわ。それに私は殿下の家庭教師として来たのですから、生徒とそういうことになるわけにはいきません。それとも、まさか最初からそういうことをするために私を家庭教師にと望んだのですか？」

「違う違う、ルーヴァス教授の話聞いて興味持っただけだよ。かなり優秀な変人研究者がいるって」

「変人……」

うぅ、そんなこと言ったの？　ひどいわルーヴァス教授……

「で、何度も何度も手紙送ってさ、やっと来てくれたと思ったらこんな可愛い人だなんて」

そこで殿下は、それはそれは嬉しそうな笑顔を浮かべた。

「しかも年下とか年上とかそういうのは関係ない、ってつまり年下もイケるってことだろ？　じゃあ問題ないじゃん。生徒とか先生とか俺は気にしないし。むしろ燃えるし」

ていうかあんた、なんでそんな嬉しそうな顔してんのよ⁉　なに考えてるのよ、まったく。あなた王子様なんだからね！

……とでも言うと思った？　ぐふふ。傷ついたオトナのデリカシー、思い知るといいわ！　あと笑い方がキモいのは自覚済みよ！

「あらまぁ、それはどうもありがとうございます殿下。ですが残念ながら私はあなたの気持ちに応えるつもりはないのです。どうか勝手に燃えて燃えて消し炭にでもなってくださいな。そしたら私が殿下の消し炭に水をかけて完全消火してさしあげますわよ」

「……あ、あはっ、可愛いな。先生、可愛い。これ以上俺のことキュンとさせてどうすんのさ」

くぅ。これじゃあさっき私がクライヴさんにしたのと同じじゃない。

違うのよ。私がイジるのはいいけど他人が私をイジるのはダメなの（横暴）！

「……前言撤回しますわ、殿下。私、年下になんか興味ありません」

「前言撤回は認めませーん。俺もう脳みそに刻みつけたからね、『年下が好き』って先生のお言葉」

「そこまで言ってません！」

思わず叫んでしまったが、ルベルド殿下はまったく動じない。

それどころかくつくつ笑い出したのだ。

「……く。は、はは、可愛い。可愛いいなあ、ほんとに可愛いよ。あはははは。あーもうダメ。なんだこれ。なんだよこれ」

殿下ったら目頭を指で拭《ぬぐ》いはじめたではないか。笑いで涙が出てきたってこと？

「やっぱあんた最高だぜ、アデライザ先生。大好き」

「オトナをからかうのもいい加減にしてください、殿下！」

「え？　あ、ああ。そうだよ！　ここは静かな森の館だ。自分から荒波立てていかないと暇で暇でしょうがないんだよ」

「まあ、なんてこと……」

この王子様、人の気も知らないで……！

「でも俺があんたを気に入ったのは確かだからな。案外本気かもよ？」

「殿下の本気はご遠慮申し上げますわ」

きっぱり言い切る私を見て、ルベルド殿下はまた笑った。

「あははははは。傷つく。今のは結構傷つく。……まあいいや、恋バナはここまでだ。ここからは研究者としての質問タイム。先生、これをちょっと見てみてくれるか？」

本を開き、パラパラとページをめくってから私に差し出すルベルド殿下。

殿下からはすでにニヤニヤ笑いは引っ込み、すっかり真面目な顔つきになっていた。

その風貌は私のことをからかっていた十代の若者ではなく、むしろ大人びた知的な雰囲気さえ漂《ただよ》わせていて……悔しいけどドキッとしてしまった。

この変わり身の早さ――これはいかにも研究者っぽいわね。

ルベルド殿下が研究者としての顔をしてくるのならば、私も研究者として対応しましょう。

「拝見いたします」

ルベルド殿下がローテーブルに置いた本――それは魔法陣の本だった。しかも開かれたページには、おそらくその本の中でも一番複雑であろう、凄《すさ》まじいほど精緻《せいち》な魔法陣が描かれている。

「召喚の術式ですね……」

複雑なのもむべなるかな。

それは、いくつもの世界を越えて召喚を果たすための魔法陣だった。

「おっ、さすがは先生。それじゃ、この魔法陣はいくつの世界を越えられると思う？」

「そうですね……軽く千ってところでしょうか」

「千……。……その根拠は？」

「複雑な線が一つの省略もなく引かれています。このレベルになると普通は術者への負担を考えて略すものなのに。この図案とこの図案とこの図案……これ以外にも反する図案が目一杯重ねられていますね。となると、魔法陣が反発し合う力そのものを利用して膨大《ぼうだい》な力を生み出すのが目的と思われます。だから力の抜きどころがないということなんでしょう」

ていうかこんな魔法陣、実際に稼動させようとしたらとんでもない魔力が必要になるわよ。世界が一つ吹っ飛ぶくらいの魔力がね……。こんなの現実には無理だわ。まさに絵に描いた魔法陣ってやつね。

「でも殿下、こんな魔法陣どうするというのですか？　まさか異世界人をこの世界に召喚するおつもりなのですか？」

五〇〇年前に魔王を封じた聖女イリーナは異世界人だった、という伝説があるけど……。あの時は世界はまさに危機に瀕《ひん》していたっていうし、それだけ必死だった、ということなんだろうな。

いや、もしかしたらこの魔法陣、聖女イリーナを召喚した魔法陣なのかもしれない。なんにせよ、現代にこの魔法陣を起動させるのは時代錯誤だ。

「召喚、か」

赤い目を細めてルベルド殿下が呟いた。

「案外、正反対のことしようとしてたりして」

「それはどういう……？」

「……じゃあ先生、今度はこっちを見てくれ」

と、今度はノートを出してくる。魔術に使う古代語がビッシリと記されたページには、これまで見たことも聞いたこともないような数式が記されていた。

「これについての意見が欲しい」

「……炎と、水の……輪舞《ロンド》？」

几帳面そうな字で書かれたそれを読むと、ルベルド殿下はハッとした。

「ああ！　これはロンドと読むのか。ということは……」

殿下は私の手からノートをひょいと取り上げると、机に向き合って、なにやらサラサラサラサラと書きつけていった。

うーん。一言「とるよ」とか断ってもいいんじゃないかしらね……？

「炎と水のロンド。ロンドとは同じ旋律《せんりつ》を繰り返す音楽のことだ。ということは、これは炎と水に共通する性質を互いに繰り返させろってことだ。そうすればやがて……」

ぶつぶつと呟きながら再び紙になにかを書き込むルベルド殿下。

マナーはまあいいとして、頭の回転は速いようね。でも魔力はないから、知識だけで研究してる、と。ということは、魔術に関する知識は相当なものがあると考えてよさそう。古代語も習得してるし。でも肝心なところが読めなかったというところかな。殿下って見た感じ大学には行ってないみたいだし、古代語も独学で習得したのかしら。だとしたら相当な努力家だ。

……でもなぁ。魔術に関してだけじゃない、もっと幅広い知識が必要ね。

初対面の女性にいきなり歳を聞くものではない、とか。いきなりノートを抜き取るな、とか。女性を口説《くど》くふりをして遊ぶのはやめろ、とか。

「……これで、よしっ！　と」

私を背になにやら必死に書き続けたあと、彼は満足げに声を上げた。

「あとはこの仮説をもとに秘薬を作ってみよう。仮説通りにいけばそれで魔力を取り戻せるはずだ」

「……魔力を、取り戻す？」

「ああ。兄貴に聞いてるだろ、俺に魔力がないこと。でもこの秘薬を完成させることができれば、あるいは……」

そこまで言って、彼は振り返ってにっこり笑う。

赤い瞳に癖のある黒髪、それに歳より大人びた彼の笑顔は、なんだかクラッとしてしまうような色気があって……

「あんたもそうだって聞いたぜ、先生。あんたも『魔力持たぬ魔術師』だと。魔力、欲しくないか？」

「そ、そりゃ欲しいですが……」

魔力があればいいな、と思うことは今までの人生で何回あったか――数えることすらできないくらいだ。

「じゃあ協力してくれ。一緒に頑張ろうな、先生」

マティアス王子に探れと言われていたルベルド殿下の研究内容……、早くもわかってしまったようだ。

それは、『魔力を取り戻す研究』だ。

だが気になるところもある。生まれついて魔力がないのだとしたら、取り戻すもなにもないのに。

もしかして、ルベルド殿下って本当は魔力があったとか？　それを取られるか封じられるかして現状の魔力なしの状態になったってこと？

それを聞こうとしたのだが――

「失礼します、殿下。お茶をお持ちしました」

そんな声が聞こえてきて、私は口をつぐんだ。


ティーセットを載せたワゴンを押して部屋に入ってきたのはメイド服を着た女性、専属メイドのロゼッタさんだった。

ロゼッタさんは私に軽く会釈《えしゃく》すると、テキパキした動作で紅茶カップをテーブルの上に配した。

それから私に視線を向ける。

「アデライザ先生にはこちらを」

と、彼女がポットから注いだのは紅茶にしてはずいぶん黒い液体で。それにこのかぐわしい中毒性を刺激する香りは……香りは……！

「こここここコーヒー!!」

思わず目を輝かせてしまう私。

「はい。先生はコーヒーが好きだという情報をルベルド殿下よりお聞きしていましたので、取り寄せておきました」

……くっ。気が利くじゃないの。さすが王子様つきのメイドさんね。でもなんかこう早くもロゼッタさんに手なずけられてる感じもするけど……!

でも嬉しい! こんなところでコーヒー飲めるなんて思ってもみなかったし!

「ありがとうございますっ!」

私はテーブルに頭をぶつけんばかりにお辞儀をした。

それから早速カップをつまみ上げ、香りを堪能《たんのう》する。

「うわぁ〜いい香り〜。紅茶とは違うんですよね〜、やっぱりこの香りサイコ〜」

「お口に合いましたら幸いです」

「大丈夫、大丈夫。私は泥水でもコーヒーと言われれば飲めちゃう女ですから」

「それはそれで問題じゃないか、先生」

「そこにカフェインと砂糖とミルクが入っていれば関係ないですね。コーヒーの有用な効果なら最低十個は言えますが、聞きたいですか?」

「さすがにいらねえなその雑学」

ルベルド殿下は渋い顔で首を振るが、ロゼッタさんは真面目な顔でうなずいている。

「私はお聞きしたいです。コーヒーには詳しくありませんので……。これから勉強させていただきたいです」

「いい人ですね、ロゼッタさんて！」

キラリと光る視線を向けると、ロゼッタさんは無表情のままほんのりと頬《ほお》を染めたのだった。

「わ、私はそんな。いい人なんかじゃありません……」

「うっほい」

こんなの、変な声も出ちゃうってものじゃないの！

「こりゃあたまりませんね。クライヴさんがああなのもわかります」

「なんだよ。あいつ、先生の前でもロゼッタに手を出したのか」

なんて呆れたように言うルベルド殿下。

ロゼッタさんは顔を赤く染めてそっぽを向いた。

「私は手など出されておりません」

「ロゼッタさん、あんなにあからさまに手を出されてたのにそれはないですよ。しかし殿下の口ぶり……クライヴさんがロゼッタさんにホの字なのはルベルド殿下公認なんですね」

「わかりやすいからなぁ。誰にも取られないように周りを牽制《けんせい》してるつもりなのかもしれないけど」

「ですから、そういうのではありません」

ロゼッタさんはさらに顔を赤くする。おお、この反応。実はまんざらでもなかったり？

私はお砂糖とミルクをコーヒーに入れてスプーンでかきまぜながらぐふぐふ笑った。

「ぐふふ。若いっていいですねぇ」

「先生だって若いだろうがよ。笑い方はキモいけど」

「それは自覚済みです」

「それよりさ」

ルベルド殿下は紅茶を自分のデスクに一度置いてから、私に向かって身を乗り出してきた。

「他人の恋バナより自分の恋バナのほうがよくない？　そっちのほうが癒《いや》されるだろ？　俺、先生のこといーっぱい癒《いや》しちゃうよ」

ぱっちん、なんてウインクするルベルド殿下。

この人引きこもりのくせに茶目っ気あるわよね（偏見）。

しかも黒髪赤目で整った容姿の彼がするウインクはなかなかに破壊力があり……

ほんと、イケメェン……!!

って、いけない、いけない。こんな野生児みたいな年下男に心を動かされてなるものか。

確かにルベルド殿下はものすごいイケメンだし研究者としても努力家なところは認めるけど……

私はほんと、しばらくは恋とか愛とかはこりごりなのよ。

ていうか、ルベルド殿下を社交界に引っ張り出すための情婦にはならないってマティアス殿下に大見得切っちゃったしね！

私はコーヒーを一口飲む。コーヒーは苦くて甘くて少し酸っぱくて、ほっとする味だった。

「年下には興味ないですから、私」

「えー、そんなに歳なんて変わらないだろ？」

「変わります！　四つも違うのですよ？」

「……俺の母上は十九で俺を産んだよ、その時のノイルブルク国王は——父上は、二十六歳だったって話だ。それで、母上は——」

椅子にかけ直し、うつむいてティーカップをじっと覗《のぞ》き込む赤い瞳……。なんだかもの言いたげでもあり、寂しそうでもあり……。その様子に、思わず私は口をつぐんだ。

だが殿下はすぐにニヤリと笑い、くいっと熱い紅茶を飲み込む。

「親がこうなんだから、俺は年の差なんて気にしない。な？　先生のこと、俺が癒《いや》してやるから受け入れてくれよ」

「……男が年上ならば問題ない、なんて言うつもりはありませんけど、七歳差なら常識の範囲内かと思われます。まぁ世の中には、それこそ男がそれくらい年下でもいいって人もいることが予想されますが——結論、個人によりますわ、そんなもの」

私は少し、動揺していた。ルベルド殿下のお母様は現国王妃ではない、ということは噂としては掴んでいたから……。でも、『誰』が母親なのかまではわからなかった。彼がきちんと王子として扱われているということは、庶子ではないのだろうし……。母親はきっと、どこかの貴人だ。それなのに噂にも出てこないということは……きっとなにか、複雑な事情があるのだろう。

「おっ、言質《げんち》とったぞ。個人によるんなら俺でもイケるってことだよな」

「そんなこと一言も言ってませんが」

「なんだよ、『年下が好き』って言ってたじゃん」

殿下の言葉に反応したのはロゼッタさんだ。

「はっ⁉　先生は年下好きでいらっしゃるのですか⁉」

顔が真っ赤なのに表情は変わらず無っていう、ギャップが可愛いのなんの。

え、なにこれ。もしかしてクライヴさんのこと取られるとか思ってる？

か、可愛い～！

でも殿下の言葉は否定しないとね！

「違いますわよ。言ってません！　年齢に対する概念は個人によるから、年齢差は根本的には関係ない、というだけです」

「ほらな。俺でもイケるってことだ」

「すみませんやっぱり年齢関係あります」

「年下が好きなのですね……！」

「そういうわけでは⁉」

陰鬱《いんうつ》な森の中の静かな館、『赤月館』――

のはずだったのだが、館の主人が十代と若いせいか、ずいぶんと華やいだ職場になってしまっている。

ていうかこの軽い恋バナのノリ。ここは学園かなにかか。

二十三歳の私には懐かしくも心華やぐノリだ。

恋ですれっからしになった私はすごく癒《いや》されるわ～。……私に向いてる矢印は余計だけどねっ！

ていうかこのルベルド殿下の矢印は、本気なのかどうかもわからないし……

だって今までの家庭教師をみんな無視して追い出してきてる問題児なのよ、この王子様って。無視する代わりにからかい倒して追い出す作戦に切り替えただけって可能性もあるわけで……

「しかし先生はほんとにおいしそうにコーヒー飲むよなあ」

「実際おいしいですからね。殿下もどうです？」

「俺は紅茶がいい。好きなんだ、紅茶が」

「そうですか」

新しい飲み物を普及させていくのも研究者の務めではあるけど……、無理強いはしないわよ。紅茶が好きって言うんならお腹がタポタポになるまで思う存分飲めばいいと思うし。

「でもさ、先生はこれに毒が入ってるとは思わないのか？」

「毒？」

突然言われて、コーヒーを飲む手が止まる。

「あ、ごめんごめん。冗談。でもそういうの心配しなくてもいいなんて、先生は幸せなんだなぁと思って」

それって……、殿下には毒を盛られる心当たりがあるってことよね？　もしくは、王子様っていうのはいつもそんなことを気にしているのかしら。

すると、殿下は赤い瞳を細めて笑うのだった。

「まぁ安心してくれていいよ、先生。ロゼッタは味方だから」

それから殿下はふと真剣な表情になる。

「それに、もし俺が毒殺されたとしても、心当たりがあるから安心してくれていいぜ」

「……なるほど」

どうもこの殿下も、館の住人たちも。

一筋縄ではいかないようだ。

＊＊＊＊＊

ルベルド殿下と初対面を果たしてから、早くも数日が経過していた。

その間私は、彼と日常的に会話し、その知能レベルや知識レベルを測っていた。

日常会話をしたり、それから少し実験を手伝ってみたりとか。

その結果、魔術研究への深い理解は認められたが、やはり一般常識やマナーというモノが欠けていることがわかった。

特に詩や文学といった文系への理解のなさがすごい。本当に魔術研究しかしてこなかったようで、読んだことのある物語といえば小さい頃に乳母さんに読んでもらった絵本くらいだそう。

……こんなんでよく第三王子なんか務まるわ、と感心してしまう。いや務まってないから私が呼ばれたのか。

それから家庭教師活動の裏で、マティアス王子に手紙も出した。ルベルド殿下についての情報を求めたのだ。

内容は、ルベルド殿下の母親のこととか、毒殺される心当たりのこととか。それからクライヴさんとマティアス王子の関係を問うもの。スパイ活動に必要な情報だし、弟のことを心配するお兄さんなら知っているんじゃないかと思って。

それで、今日は彼の実力をより細かく知るためにテストをすることにした。なにをどれだけ知っているか把握していないと授業なんかできないからね……

テスト問題はこの館の図書室にある本から作ったから、ルベルド殿下に有利なはずだけど……、まあ、とにかく。

弱いと思われる国史とマナーを中心に作ってみたわ。我ながらほぼ完璧なテスト問題ができたと思う。

ただ、問題なのは……

「あーだるー。ふぁあああ……」

書斎の机に頬杖《ほおづえ》ついてあからさまにやる気のないあくびなんかしちゃってる殿下だったりするわけですよ！

授業は書斎で行うことにした。研究室だと他に目に入るモノが多すぎて気が散るし、……彼の寝室というのも、ねぇ。私の身の危険を感じてしまうからだ。

「なんでこんなもん俺がやらなきゃいけないの？　俺、魔術研究したいんだけど……」

「殿下、これは大事なテストなんです。これからの授業計画はここからはじまるのですからね。真面目に受けてください」

と注意するけど……

「これをだるいと言わずしてなにをだるいと言おうか？　いわんや？　あれ、いわんや、で合ってるっけ？」

……とか言われてしまう始末。まったくもうっ！

「殿下、ちゃんと真面目に受けてください。私だって一生懸命問題作ったんですからね」

「そりゃあすごい。ちゃんとやりたい。アデライザ先生の努力は無駄にしたくないからな」

「じゃあ、受けてください」

「理想と現実の差がここにある。国史とかマナーとかどうでもいいじゃん」

「よくありませんわよ！　殿下に一番欠けているものでしょうに」

「欠けてるなら欠けてるでいいじゃん。苦手なもの無理に身につけなくてもさ……」

「どれくらい欠けているかが問題なんです。それを測るためのテストなんですからね」

「めんどくせー。それよりさ、俺は先生とお話がしたいなー。なあ、先生って処女？　キスしたことある？　童貞ってどう思う？」

「ななな、なんですかそれ⁉」

ああ、もう……

いきなり変なこと聞かないでほしい！

殿下はニヤニヤしながら話を続ける。

「だって、気になるんだもん。ねえ、教えてよ先生」

「知りません！」

「うわぁ、つまんねぇの」

この調子なのである。

まあ、このふざけた態度も若者の特権みたいなものだけどさ……やられる側としてはたまったもんじゃないわよね。相手が第三王子じゃなかったらビンタの一つや二つお見舞いしているところだわ！

ふぅー、落ち着け落ち着け。

ああ、コーヒーが飲みたい……。すごい飲みたい。あとで思いっきり濃いやつロゼッタさんに淹れてもらおう。赤月館にコーヒーがあってよかった……

「……そうだ。なあ先生、このテスト終わったらお口でしてよ」

「はっ⁉」

いきなりなにを言い出すのよ、この人は⁉

殿下はニヤリと笑い、自分の口を指ですっとなぞった。

「だから、お・く・ち」

「なっ、なにを言って……」

「だからさ。俺のモノを先生のお口で……」

「しません！　馬鹿なこと言ってないでテスト受ける！」

「あはは、かわいー。冗談だって」

「もうっ！」

ああ、ダメだ。彼のペースに巻き込まれっぱなしじゃないの。この問題生徒めぇ……!!

「でもさー、ご褒美もなしじゃやる気出ないよね」

ため息まじりにそう言うと、彼は座ったまま私の腰を抱き寄せてきた。

よろっとした私は、思わず彼に寄りかかってしまう……

「ちょ、ちょっと！」

「こんないい女が隣にいるのにテストに集中しろ……ってのも酷な話じゃない？」

甘くて優しくて、背筋がゾクリとするような甘い囁《ささや》き……

なんだか、この声だけでもぞわぞわして溶けちゃいそうになる。いけない……これはよくないわ。

なのに、なんとか引き剥がそうと抵抗するもびくりともしない。

「離してください」

「えー、だめだよ。せっかくのチャンスなんだから」

「……ッ！」

顔に熱が集まるのを感じた。心臓がバクバクとうるさい。

まずいわ。このままでは……

「なーんちゃって！」

ぱっと手を放される。

その反動でよろめく私。それを、彼は片手で支えてくれた。

こういうところはなんていうか……やっぱり王子様なんだなって思う。

「あはは、かわいー。本気にしちゃった？」

「もうっ……、殿下！」

これなのだ。

本気なのかと思ったらこんなふうにはぐらかしてきたり、冗談かと思って冷たくあしらったら意外なほど傷ついてみせたり。

わからない。私には若者がよくわからない。

私は二十三歳、殿下は十九歳。四歳の壁ってこんなに分厚かったんだ……

「でもやる気出ないのはほんとだよ。なんかご褒美が欲しいのも本当」

まさか、またお口でしろとか言うんじゃないでしょうね⁉

キッと睨《にら》むが……

「おーこわ。お口でしろとは言わないよ、もう」

ほっ……

思わずほっとしてしまう私だった。

「ほっ……」

「そのあからさまなホッとされ感、それはそれでショックだな」

「仕方ないでしょう。あなただって、いきなり私にそんなこと言われたらこうなりますよ」

「じゃあ試してみる？　ルベルドくん、私のあそこをお舐《な》めなさい、とか言ってみてよ」

「言うわけないでしょ！　変態！　馬鹿馬鹿馬鹿！」

「……」

沈黙が訪れる。

ルベルド殿下は椅子に座ったまま、真顔で私を見上げていた。なんだろうこの空気。まるで私が変なこと言ったみたいじゃないの。私、真っ当なこと言ったわよ!?

そして数秒後、彼はこらえきれなくなったとばかりに噴き出したのだった。

「ふ……くっくく……あっはははは!!」

「な、なにがおかしいんですの!?」

「いやぁ、やっぱり先生って可愛いなあって。うん可愛い。大好き」

笑いすぎて涙目になってるし。

「もうっ……！」

嬉しくないからね、そんなこと言われたって！

「じゃあさ……キスしてよ、それで許す」

うっ。いきなり真面目な顔になって囁《ささや》かないでよね。ドキッとしちゃうじゃないの！　ていうかなんなのよ許すって。私はなにも悪いことしてないわよ。

「ん」

彼は真顔で目を閉じた。

「ほら。してくれたらテストしてやるからさ」

「…………………もうっ」

そういう取引には応じません！

これでもくらえ！

私は持っていたノートを彼のイケメン顔に押しつけた。

「ぶわっぷ！」

「これで満足しましたか？」

殿下はノートを避けながら片目を開けて私を見上げる。

「えー、先生ひどくなーい？」

「ひどいのは殿下です！　キスなんてしません！」

「けちぃ。減るもんじゃないし、いいだろ？」

「減ります！　乙女心が減ります！」

「乙女ってほどの歳かよ」

「くぅっ……」

こ、この若造。乙女心に大鉈《おおなた》をジャストヒットさせてくるんじゃないわよ……！

「じゃあさ、こういうのはどう？　テスト受けて満点だったらしてくれるってのは」

「まあ、それなら……」

普段の野生児ぶりを見てたらわかる。できるとは思えない。

私の作ったテストを甘く見ないでもらいたいものだ。

「！　ほんとだな⁉」

パッと、殿下の赤い瞳に生気がほとばしった。

急にやる気になったぞ、こいつ……！

「え、ええ」

「よし、じゃあやるか！」

と言って彼は机に向かったのだった。

ほんとに現金なんだから。ていうかテスト受けさせるだけでこれだけの労力使わされるって……

スパイより楽だろうと思っていた家庭教師のお仕事だけど、こっちのほうが大変かもしれない。

スパイの目的であるルベルド殿下の研究内容って、『魔力を取り戻す研究』でしょ？　もうわかっちゃってるし、スパイのほうが楽勝だったわね。まあ言い値の仕事だし、確証持ってから報告したいから、もうちょっと調べようと思ってるけど……

さて、テストが終わった。

で、採点しながら、私は驚くべき事実に直面したのだ……

＊＊＊＊＊

「……すごいですね」

ルベルド殿下のテストの採点を終えた私は、素直な感想を述べた。

机で大人しく本を読みながら採点を待っていたルベルド殿下が、緊張の面持ちで私に尋《たず》ねてくる。

「テスト、何点だった？」

「……満点です」

国史も詩作もマナーも……、すべてが完璧なのだ。

「なによ、殿下ったら意地が悪いんですから。実力、隠してたんですね？」

「へっへっへ。男の性欲舐《な》めちゃあいけねぇな、先生。俺に本気を出させたのは先生だぜ？」

ルベルド・アカツキ・ノイルブルク。意外なことに、彼は完璧な王子様だったのだ。

知識だけは。

「……なんでこれを普段の生活で活かさないんですか。特にマナー！　女性へのマナーも知識だけなら完璧なのに……！」

もちろん、『女性にいきなり歳を聞かない』という設問にも正解しているのである。

「めんどくせえんだよなぁ、実生活で気を遣うのって。俺はしたいようにしたいんだよ。それよりさあ……」

そう言って彼は私の手をぎゅっと握ってきた。

そして真剣な眼差しで私を見つめてくる。

思わずのけぞってしまう距離感……

「や・く・そ・く。覚えてるよな？」

「……なんのことでしたかしら？」

もちろん覚えてるけどね!!　テストで満点とったらキスしてあげる、って約束。

でも生徒とキスなんかできるわけないし、こう言うしかないじゃない。

「あー、ズルい。忘れたふりして逃げ切ろうとしてる。そういうとこも可愛いけどさ、オトナがそんなことでいいのかなぁ」

「な……なんのことだか」

「ほんとは忘れてないんだろ？」

「ううん？　……どうかしらねぇ？」

精一杯すっとぼけてみせるが……

「じゃあ思い出させてやる。テストで満点とったら俺と結婚してくれるって約束しただろ」

「キスするだけでしょ！　……あ」

しまった。つい突っ込んでしまったわ！

「ふっふふ。言ったな？」

ニヤリと笑うルベルド殿下。

「よし、じゃあ約束守ってもらおうか。さ、先生。どうぞどうぞ」

と目を瞑《つむ》ってキス待ち顔になる殿下。

ああ、もう。どうしてこうなるのよ……ていうか私もオトナなんだから約束はちゃんと守らないといけないってことかしら……？

うーん、それにしても……

ルベルド殿下の目を瞑《つむ》った顔をしげしげと見つめる私。

この人、美形だなぁ、やっぱり。

伏せたまつげは長いし、眉目秀麗《びもくしゅうれい》だし。肌は白くて滑らかで、鼻筋は通っていて。少し突き出された唇は薄くて……

ルベルド殿下が赤い瞳を薄く開ける。

「ほら先生、早く。なに？　俺に見とれてるの？」

「見とれてないです！」

ああ、もう。ここは勢いに任せてしちゃおう！

……おでこにね！

ちゅっ。

「…………え？」

赤い瞳をぱっちり開けてきょとんとするルベルド殿下。

それを見て、私は満足した。

「ふふん、どうですか王子様。キスには変わりありませんわよ！」

やった、やってやったわ。

ざまあみなさい、この王子様め。口に来ると思っていた私の唇がおでこに来た気分はどうよ！

「あら、なにか文句あるのですか？　私はちゃんと約束は守りましたからね！」

おでこにでも、キスはキスだ。予想以上に恥ずかしくて、頬《ほお》がもう、燃えるように熱いけど……

ルベルド殿下はきょとんとしたまま、赤い瞳で私を見上げている。

「……あの、先生。今、なにが起きたのかわかんなかったんだけど。もう一度お願いします」

「嫌です」

「そこをなんとか」

「嫌です」

「じゃあ、俺からしていいい？　唇にぶっちゅーって」

「ダメです！　もうっ、わかりました。あと一回だけですからね」

ちゅっ。

ルベルド殿下の前髪をかき上げて、額に軽く唇をつけてあげる私。

二回目のキスは、さっきのキスより手早く行った。顔から火が噴き出そうなくらい恥ずかしくて、早く終わらせたかったから。

「はい、これで終わりです。さ、勉強をはじめましょうか」

「…………………」

殿下はみるみる顔を真っ赤にし……

「あああああああああああああ…………………………」

うめき声を上げながら机に突《つ》っ伏《ぷ》したのだった。

「え、殿下？　どうなさったのですか？」

「…………………ぃぃ」

「は？」

「かわいいぃぃいいいいいいい……先生可愛すぎいぃぃいこんんなの反則ぅぅぅう………………」

「はい!?」

突《つ》っ伏《ぷ》したままごろんごろんと上半身を机の上で転げさせはじめる殿下。

なにこの奇行。ほんとに大丈夫なの、この人？　なんか怖いんですけど……

私がドン引きしているのにも気づかず、しばらくそうしたあと、ピタッと彼は止まった。

「……ま、まあ、いいよ、これでも。先生可愛いし」

もごもごとそんな台詞《せりふ》をのたまうルベルド殿下。それはありがたいわね。滅茶苦茶恥ずかしかったけど、頑張ったかいがあったわ。

だが殿下はそこでガバッと起き上がった。

「でも、その代わり……今回のことをこれで済ます代わりに。先生にしか頼めないことがあるんだけど……聞いてくれるよな」

「な、なんですか？」

殿下の真剣な眼差しに、思わず身構える私。

「今、実は研究室で秘薬を作ってるんだ。……その被検体になってほしい、先生に」

「被検体……？」

「そう。具体的に言うと薬を飲んでくれってことだな」

「お断りします！」

私はきっぱり断っていた。

そんなあからさまに怪しいもの、飲めるわけないでしょうに！

「なんで私に飲ませようとするんですか？　自分で作った薬なら、殿下が飲んだらいいじゃないですか」

「だって俺が飲んだら観察ができないだろうがよ」

「……ま、まあそれは確かに。でもどうして私が……」

ド正論ね。でも他人の事情は一切考慮してない。研究者の厄介なところだわ……

ルベルド殿下はぁっとため息をついた。

「ここの使用人たちに飲ませることも考えたけどさ……、全員魔力があるんだよな。ないのは主人の俺とアデライザ先生だけってわけ」

「ということは、その薬って……」

魔力がある被検体ではうまく実験できない秘薬。

それは、彼の研究であるところの……

「そう」

ルベルド殿下は大きくうなずいた。

「魔力を取り戻す薬だ。俺たちみたいな魔力ナシには夢の薬ってとこだな。あれ？　先生、もしかして……」

「エロい薬だとでも思った？」

ニヤリ、と笑うイケメン顔。

「思わないですっ」

……まあ正直、ちょっとだけ思ったけどさ。

だってこれだけ私にセクハラしてくる王子殿下ですもの。そういう目的で媚薬《びやく》を作るかもしれないじゃない？

でも、違うみたいね。そこはさすがに研究者だわ。

「へへへ。そういうことにしといてあげるよ、センセ」

ニヤニヤ笑うルベルド殿下に、私は視線をさまよわせつつ呟くしかなかった。

「ほんとに私、そんなこと考えてないですからね……」

「あれさ、この前先生がヒントをくれただろ、それをもとに実験を重ねたんだ」

「ヒント……？」

「炎と水の輪舞《ロンド》だよ。炎と水のエレメントを増幅させて繰り返させ、やがて同調してきたところをすかさず蒸留し固定させたんだ」

「相反する性質のものを同調させて固定……、隠された魔力を発露《はつろ》させるための媒介にしたってところですか？」

「おお、さすが元研究者。よくおわかりで」

「おだててもなにも出ませんよ」

ま、これでも一応は王立魔術研究所の研究者だったわけだしね。それくらいはわかるわよ。


というわけで、私たちは研究室に移動した。

薬を飲む飲まないは別として、ルベルド殿下の研究には興味があったからだ。……スパイとしての目的でもあるわけだし。

仕事を終えた実験用器具たちは、すでに静かになっている。

「……炎と水っていうのは互いに互いの性質を隠し持ってるんだと俺は思うわけよ」

ルベルド殿下は説明をしはじめた。

「だから互いの同調がピークの状態でエレメントを固定してしまえば、それは他者の隠された性質を引き出す媒介になるんじゃないか……って思ったわけ」

殿下は幻素用蒸留器のふたを開ける。

そこには小さなビーカーが設置されていて、中には虹色の液体ができあがっていた。

「おお、できてるできてる。抽出は成功だ」

「つまりその液体は、飲んだ者の隠れた性質を露わにする薬となる……ってことですか」

「ご明察。これを飲めば隠された魔力が露わになる……かもしれない、俺たちみたいな魔力ナシには夢の薬なんだ。って、これさっきも言ったっけ？」

「もし最初から魔力がなかったら……？」

「それはないな」

意外なほどハッキリと言い切る殿下。

「魔力と生命力が同一の源から来てるってのは定説だろ？　俺にはそれがよくわかる。――生きてるってことは、すなわち魔力があるってことだよ。俺たちみたいな魔力ナシはその値が極端に低いっていうだけだ」

「でも……」

その低い魔力を露わにしたところで、どうなるっていうのよ。どうなるかわからないからこその実験なんだろうけど……

「さ、先生。飲んでみてくれ」

ビーカーを私に差し出す殿下。

「だからっ、なんで私が……」

「先生嘘ついたし」

「っ!?」

「あー、ショック。傷ついた。オトナってズルいよなぁ、そうやってすぐ俺たち若者を騙《だま》すんだ」

途端に肩を落として落ち込んでいるふうな声を出すルベルド殿下である。

「な……なんの話をしてるんですかね、殿下は……」

「テストで満点とったらキスしてくれるっていうのにしてくれなかったじゃないか」

「……くっ。し、しましたでしょう、おでこに……」

「あーショックー。先生にキスしてもらおうと思ってせっかく頑張ったのにさー」

「だからっ、したでしょキスは！」

「俺は口にしてほしかったんだよな。口じゃなくてもせめてほっぺたとかさ。あー、ショックー、ショックー」

赤い瞳でちらちらと私の様子をうかがいつつ、殿下は唇を尖《とが》らせる。

「先生は俺のこと好きじゃないんだ。だから平気で嘘つけるしキスもおでこなんだ。あーがっかり。あー悲しー」

「……わかったわよ」

「え？」

「飲んであげますわよ！　そこまで言うんならね！」

「ほんと？　やった！」

あまりのしつこさに低い声で応じたら、急に殿下の顔がパッと明るくなった。ほんとに現金なんだから……！

「その薬。人体には安全なんでしょうね？」

「それは保証しかねる。が、まあ大丈夫だとは思うぜ、理論上は。ちょっと身体が熱くなる程度じゃないかな」

「効果時間は？」

「一時間くらいかな。炎と水の同調エレメントが崩れていくのがそれくらいの時間だから」

「なるほど……」

それは実験済み、ということか。

「なにかあったら責任とってくれるんでしょうね？」

「ああ、もちろんだとも。結婚でもなんでも、お望みのままに」

「そういう責任の取り方はいりませんわね」

「そう？　俺は本気だけど」

ルベルド殿下はニッコリ微笑んで私にビーカーを渡してきた。

……こういうところでイケメンってほんとに得するんだなあ、って思う。

ビーカーを渡すっていうなんでもない動作なのに、ものすごい絵になるんだもん。まあ叩いてる軽口がそもそも破壊力あるんだけどさ。

思わずその笑顔に見とれてしまいながらビーカーに口をつけ、一気に飲み干した。

口の中に広がる、苦いような酸っぱいような不思議な味……

「……ぷはぁ！　飲みましたよ、殿下」

「よしっ。味はどうだった、先生？」

「苦いような酸っぱいような、変な味でした」

「なるほど。苦いような酸っぱいような……と」

ペンでノートにサラサラと書きつけるルベルド殿下。

「ところで、先生、こういう話は聞いたことあるか？」

と、殿下は突然講義をはじめた。

「人間の味覚というのは『五味』だと言われている。曰《いわ》く、酸味、苦味、甘味、辛味、塩味の五つだ。さらに酸味の中にもいくつか種類があり、これは『酸っぱく辛い』、『痺《しび》れるように辛い』、などに分類され――」

「あの、殿下……」

いきなり講義をはじめてしまった殿下に、私は声をかける。

なんだか、身体が……

「身体が……変、なんですけど……」

「どう変なんだ？」

「か、身体が熱くって……」

なんだか、身体の奥底からじわーっと熱が広がっているというか……

「身体が熱い。いいぞ、薬が効いてる証拠だ。今、先生の中では『発現していなかった魔力』が薬の効果で発現しようとしているんだ。やっぱり先生には魔力があったんだよ」

「………………………」

私はここで、薬の効果を考える。

隠された魔力を発現させるための薬。

こちらの思惑《おもわく》通りにいけば、隠された性質が出てくる……。そこまではいい。

隠された魔力を同調させ、引き出す。

それって、普段は隠されている欲求とか、そういうものも引き出しちゃうのではないかしら？

「先生、どうだ？　魔力出てきた？」

「……わ、わかりません」

「とりあえず測るか。えーっと、魔力計測器は……どこやったかな……」

もう、そういう使う可能性のある器具はあらかじめ用意しときなさいよ……

とは思うんだけど。

魔力計測器を捜して棚に向き合った殿下の背が、すごく……かっこよく見える。

ああ、この人。背が高いんだなぁ……。なんて、今さらそれに気づいてしまったり。

「えーと、確かこの辺で見たんだけどな……」

「……」

なんか……こう。

「……」

殿下を見ているとドキドキして、もう……すごく……

い、い、欲しくなっちゃう……

あ、これ。副作用だ。

隠された性質が――性欲が出てきちゃってる。

でも私、別にこの人のこと好きってわけじゃなかったのに……いや、そりゃ、ちょっとはいいなって思ったけど。

ちょっとちょっと、この薬、媚薬《びやく》にもなるってこと？

「…………え？」

殿下の動きが止まる。

その背中は広くて、温かくて。――私は、彼の背に抱きついていた。

……こんな大きな背中なんて、知らない。

「ねえ、殿下」

「……え？　えっと、先生……、どうかしたの？　くっ、詳しく聞かせてくれよ」

「副作用、で……」

欲しい……。この人が欲しい……

って、え!?　私、なに考えてるのよ。

ダメだってば。この人は第三王子殿下で、私の生徒で……

ああ、でも。ドキドキが止まらない……！

「ふ、副作用、か。この薬の副作用は、隠された性質を露わにすることだから……、先生って実は俺のこと好きだった……ってこと？」

「……どうでしょうか。炎と水の同調エレメントによって魔力を引き出そうとしたこの薬……」

ぶつぶつと、私の口は今、自分の身体に起きていることを分析していた。

「……人間に備わった本能を引き出してしまっただけなような気がしますわ。隠していたものを露わにするのなら、それもそんなにおかしなことではないかと思われます。……つまり、性欲を」

「そ、そうか。わりと相手は誰でもよかったってことかな。近くにいたのが俺でよかったよ」

「もうっ、この薬飲ませたの殿下なんですからね。殿下が一番近くにいるに決まってるでしょ？」

私は殿下の背中にそっとキスをした。

ちょっ、なにしてるのよ、私！

あああ、いけないことだとわかってるのに。

「そうだな……、俺が悪い、うん」

ごくり、と殿下が生唾《なまつば》をのみ込む音が、背中に抱きついた私にダイレクトに伝わってくる。

ダメだぁ、身体が熱い。熱くて熱くて、ああ……本能が勝手に殿下を求めてしまう。心が勝手にときめいてしまうぅううう!!

薬の副作用で！

でもなんて言えばいいんだろう、こういう場合。

この、本能で殿下が欲しいって気持ちを……。なんとかこう、色っぽい言い回しで伝えたいものだ。でも、思いつかない。

考えた末、私は熱っぽい声音で囁《ささや》いたのだった。

「……あなたと繁殖《はんしょく》したいんです、殿下」

「はん……」

馬鹿馬鹿馬鹿馬鹿！　私の馬鹿！　なによ繁殖《はんしょく》って、全然色っぽくないー！

それに違うの、これは私の意思じゃないの。ああ、けど……、身体の熱さが収まらない。

殿下が欲しい。欲しくてたまらない……

うずいてうずいて……、殿下に押しつけた胸が、殿下が少し動いただけでその刺激が、気持ちいい。もっともっと身体が熱くなってきちゃう。

こんなのダメなのにぃ……

泣きそうなのに、その涙すら熱に負けて欲望になってしまうなんて……

「ねぇ、殿下」

私は殿下に抱きつきながら言った。

「身体を熱くした責任。とってくれるんですよね？」

「………………………もちろん」

素直な返答だった。

ああ。この素直さをテスト前に見たかった……

「………」

私は殿下の背中に顔をくっつけて、殿下の匂いを胸いっぱいに吸い込んだ。

この香り……殿下の匂い……。欲しい、欲しいよ……。この人が欲しい……

って、だからなにを考えてるの私！

「ねぇ、殿下……さっき言ってましたよね……？　私に言ってほしいコト……」

ああああああああ、私はなにを言おうとしてるのおおおお。

「……………………なっ、なにか言ったっけ、俺……」

珍しく上擦った声のあとに、ごくっ、と生唾《なまつば》をのみ込む音が聞こえる。

わかってるくせに。ルベルド殿下ったら意地悪なんだから……

「私のあそこ、ルベルド殿下のお口で……して……………………って」

きゃあああああああああ!!　言っちゃったあああああああああ!!

くるり、と、私の腕の中でルベルド殿下は振り向いた。

一瞬だけ見えた整った顔は真っ赤になっていて……

彼はガバッと私を抱きしめた。

「先生……」

「……っ」

あん、馬鹿っ！　耳元で囁《ささや》かないで……！　ゾクッとしちゃうから……っ!!　それでなくても全身を抱きしめられてドキドキしてるっていうのに……

「先生、カラダ熱いね……」

「もう……、誰のせいだと思ってるんですか」

「そうだよな。俺の作った薬の副作用で……性欲が刺激されてるんだよな……」

「そうです。もう……、変な薬飲ませて。ねえ、正直に言って。最初から私のことこうしたくて薬を飲ませたの？」

「違うよ、それは違う。これはちゃんとした実験で、先生のコレはほんとに偶然で……」

「偶然でもなんでもいいです。結果的にこうなっちゃったんだから」

「……なあ、一つ聞いてもいい？」

「なんです？」

「先生ってさ、やっぱり俺のこと好きだろ」

「黙秘《もくひ》します」

「好きだよな？　だってこの薬、『隠されている性質を露わにする薬』だから……」

それってあくまでも性質的なものでしょ？　感情は性質じゃないからあの薬では動かないと思うんだけどな……

「先生が俺のこと好きなのが露わになってるってことだろ、これ？」

「馬鹿。これは単に薬で強制的に発情させられてるだけです」

「じゃあさ、このままクライヴに会ってみる？　単に発情してるだけならあいつでもいいだろ？」

「嫌です、ロゼッタさんに殺されたくありませんから。それに……」

ぎゅうっ、とルベルド殿下を抱きしめる。

「あなたがいいの」

あれ？　じゃあやっぱり、私ってルベルド殿下のことが好きってこと？　こんな生意気で野生児な年下王子様を……？

「先生……」

顎《あご》に手を添えて上を向かされたかと思うと、口づけされた。

「ん……」

「先生、たまんねぇよ。好きぃ……」

ちゅっ、ちゅっ、とした軽いキスのあと、舌が入ってくる。

「んぅ……ふぁ……」

くちゅ、という音がする。ああ、唾液《だえき》が絡み合う音……

唇が離れると、糸が引いていた。

はあっ、はあっ、はあっ、はあっ……。お互い、呼吸が荒くなってる……

「ご要望通りのことしてあげるよ。先生のアソコを舐《な》めて、ぐちょぐちょにしてあげる」

ぐちょぐちょ……。その言葉に反応しつつ、私は熱い息で応えた。

「うん、いっぱいして、殿下……」

「ああ、たまんない。好きな女の子の口からそんなこと言われて我慢できる男はいないって」

「あら。私のこと本気で好きなんですか？」

「もちろんだよ。いつも言ってるじゃん、先生大好きって」

「からかわれてるのかと思ってました」

「本気だよ……」

と言いつつ、また唇を重ねてくる。

「ん、先生……好き、大好き……」

「殿下……ん……」

んもう、あれって本気だったのね。わかりづらいんだから……

口の中を貪《むさぼ》るように、激しく愛撫してくるルベルド殿下。

ああ、なんかとろけちゃいそう……

「先生……いいよね？」

と言いながら、殿下は私をソファーに連れていって押し倒した。

そして私の答えなんか待たず、スカートの中に手を入れてくる。

「あん……」

くちゅ……と水音がする。自分でもびっくりするくらい、濡れてる。ショーツの上からそっと触れられただけなのに、熱を持って……腰が浮いちゃう……っ。

「すげぇ。ぐちょぐちょだ……」

「ち、違うの。薬のせいなの。身体が勝手にあなたを求めてるだけなんです」

「だから、そんなこと好きな女に言われて我慢できる男はいないってば」

下着を脱がされ、脚を広げられ……

「やぁ、恥ずかしい……」

「自分から誘っといて今さらそんなこと言うなよ。アデライザ先生、すごく可愛い……」

と指でショーツの上から割れ目をなぞってくる殿下。私はぞくっ、とした感覚に襲われた。

「あんっ」

「やらしいな……。ちょっと触っただけなのに腰が動いてるよ。じゃ、じゃあ先生、ご要望通りにお口でしてあげるからね」

彼は手早くショーツを脱がせると床に膝をつき、アソコに顔を近づけて、その部分に舌先を伸ばしてきた。

「ひゃん！」

思わず声が出る。

そんな私にはかまわず、ルベルド殿下はそこに唇をつけて吸いついてきた。

「やん、あぁ、だめぇ……やっぱりそこ、汚いよぅ……」

ちゅうう、ぢゅぱ、ぢゅるるる！　と卑猥《ひわい》な音を立てながら吸われる。そ、そんなにあふれてるの？　恥ずかしい……

「汚いわけないだろ、こんなに可愛いのに」

「で、でもそんなところ、舐《な》めたらダメ……！」

「舐《な》めてって、自分で俺に言ったんじゃん」

言いながら、殿下は舌を這《は》わせるだけでなく割れ目に舌をねじ込んでくる。

「あ、んっ、殿下、殿下っ」

「ん……、先生、おいひ……」

「ああ、んぅ……、やっ、あっ」

じゅぽ、ずちゅ、じゅるっ……

舌があそこを出入りする淫《みだ》らな水音が響く。

「あっ、あっ、あんっ……！」

「……ああ、もう……ごめん先生。俺もう我慢できない」

彼は立ち上がると、自分のズボンを下ろした。ぶるん、と反り返った彼自身が出てくる……

「あ……」

初めて見る男性のそれに、私は思わずドキリとしてしまった。

「入れたい。いいよね？」

「はい……」

なんだかもう、よだれが出てるくらい、ソレが欲しくて欲しくて……。ああ……ほんとに私のカラダ、薬のせいでおかしくなってる。

もちろん戸惑いはあるんだけど、それより身体がもう求めちゃってる……

「入れて……入れてほしいの、殿下のそれ……、私の中に……奥まで……、いっぱい入れて……」

「ああもう、先生、かわいすぎ。限界だよ……」

彼は私のぬるぬるしたところに自身をあてがうと――一気に貫《つらぬ》いてきた。

「きゃうん!!」

痛いはずなんだけど、身体が熱くてそれどころじゃない……！　彼のものは熱くて、まるで実験で熱した鉄杭みたいに硬くて。それがみっちりと私の中に入っている。

「熱い……溶けちゃいそう、それにすごく締めつけてくる……」

ルベルド殿下はうっとりとため息をつき、耳元で囁《ささや》いた。

「先生、こんなに俺のこと待っててくれたんだね……」

「あ、んん……」

囁《ささや》き声が耳の穴をくすぐって、それがまたぞくぞくする。

「動くよ……」

ゆっくりとした動きがはじまった。

初めては痛いって聞いてたけど、薬で発情しているせいか痛みも違和感もなくて、ただただ快感だけがある。

「やぁっ！　ああん！」

奥のほうを突かれるたびに声が出てしまう。

「あぁんっ、あっ……あっ……あっ……。殿下の、奥まで届いてる……」

彼の動きに合わせて私の腰も揺れてしまう。

もう、たまらないほど気持ちいい。こんなの初めて……！

やがて彼は動きを速めていって。

「あっ、はっ、んっ、やぁ、あぁっ」

もう余裕のない私に腰を打ちつけながら彼が囁《ささや》く。

「先生、もっと俺のこと欲しがってよ。もっと欲しいって、言って」

「うんっ、殿下、殿下ぁ、もっといっぱい殿下が欲しいのぉ……！」

「……ねぇ、名前で呼んでよ」

「え……？」

「俺のこと。殿下、じゃなくてさ……ルベルドって……」

殿下を、名前で呼ぶ……？　そんなの不敬では……相手は王子様なんだし……、という冷静な思考はあっという間に快感の波に攫《さら》われて、子供みたいに素直な自分が露わになった。

「うん……ルベルド、ルベルドぉ……」

「ああ、いいな……名前呼び。なぁ、アデライザ」

あんっ、殿下まで私のこと名前で……っ。なんかすごい、キュンとした。

「あ、きゅっ、ってしたよ。ね、名前で呼び合うのって感じちゃうよな？　なぁアデライザ」

「うん、ルベルド……」

ああ、名前で呼び合うたびにキュンキュンしちゃう。

より深く繋《つな》がれるような気がする。

「へへへ、なんか恋人同士って感じがしていいな……」

「恋人同士……？　私たちが？」

「そうだよ。付き合おうよ、俺たち」

「で、でも……あなたは生徒だし……それに第三王子様なのよ……」

快感でぼうっとしながらもそこにだけは拘泥《こうでい》しちゃう自分が、なんだかちょっとおかしかった。

だって、こんなことしておいて生徒だとか第三王子だとか気にしてるのよ？　気にするならそもそもこんなことしちゃいけないのに。ああ、でも、気持ちいい……！

「えー、いいじゃん。ほら」

「ひゃあっ⁉」

いきなり激しく腰を突き出されて奥を抉《えぐ》られて、思わず声が出てしまった。

「身体はこんなに悦《よろこ》んでるのにさ。身体の相性いいんだって、俺たち」

ぐいっと身を乗り出して、彼は私の耳元で囁《ささや》く。

「ね？　付き合おうよ、俺たち。せっかく好き合ってるんだから、付き合わないなんてもったいないでしょ？」

「そ、そうかしら……」

「そうだよ。じゃあ、決まりね」

「で、でも」

「アデライザ……好きだよ、アデライザ……」

「んっ……！」

もう、こんな時に名前で呼ぶなんて……

……っていうかこの人わりとチャラいわね？

「あはっ、またきゅうってなったよ。可愛いなぁ」

まあいいか。このチャラさも若いってことなんだろうな……

「アデライザ、愛してるよ」

「あんっ、わた、しも、愛してます」

ここまできたら認めるしかないじゃない……

「うれしいなあ。最高に嬉しい。ありがとうのチューしちゃう」

ちゅっ、と軽く口づけされる。

「ん……」

「ね、舌出してみてよ」

言われた通りにすると、彼の舌が絡まってきた。そのまま口内を貪《むさぼ》り合う深い接吻《せっぷん》になる。

そして、キスをしたまま彼は動き出した。

「んっ、んっ、んむっ」

あん、ダメ。激しい……酸欠になりそう……！

「ぷはっ、はぁ、はぁ、はぁ」

「はぁ、アデライザ、アデライザ……」

「あ、んっ、ルベルド……あぁっ！」

何度も突き上げられて、私も限界が近づいてくる……！

「はぁ、はぁ、はぁ、アデライザ、俺イキそう。なかに出していいよね？」

快感でうっとりとした私の頭は、彼がイキそうと聞いてキラキラと光り輝いちゃってる。

身体の熱も最高潮だし……。ああもう、欲しい、欲しいよ……ルベルドの精が欲しい……！　本能がそう言ってるの……！

「うん、なかにいっぱい出して。私のなかをルベルドで満たして……っ」

「はぁっ、かわいいなぁ、ほんとにかわいい。俺頑張っちゃうよ。アデライザの一番奥を俺のでたぷたぷにしてあげるからね」

耳元で囁《ささや》かれる言葉に、子宮がキュンとうずく。

「あん、嬉しい！　嬉しいよぅ、ルベルド……！」

あれ、おかしいな？　目から涙が一筋出ていく……。なにこれ？　嬉し泣き？　感極まってるの、私？

ルベルドは私の涙を指で拭《ぬぐ》うと、ちゅっと私に軽いキスを落とし、そして笑顔で言った。

「はは、可愛すぎだよアデライザは。こんなに可愛い子が俺の恋人になってくれたんだ……。ああ……、もう限界。出す、中にたっぷり注ぐよ、アデライザ……！」

ラストスパートとばかりに激しく叩きつけられる腰。私は彼にしがみつくしかなかった。

「アデライザ……、アデライザ……！　ああっ、出る……!!」

一際強い突きのあと、びくん、びくん、とお腹の一番奥が震えて、彼の熱いものがほとばしるのを感じた。それと同時に私も絶頂を迎え……

「あ、やん、ダメ、だっ、んんっ、あああああああっ！」

ビクビクっと身体が痙攣《けいれん》し、頭がチカチカした。全身が快感に支配される。まるで自分のものじゃなくなったみたいに……

そのまま、私の意識は真っ白になった。

ああ、ふわふわぁ……

なんだかすごく、幸せな気分だわ。

だって、すごく幸せな夢を見たから。

愛する人と一つになる夢――

相手はもちろんルベルド殿下だ。彼の黒い髪や赤い瞳はとっても格好よくて、ミステリアスだった……

「ぐふ……」

思わず口から笑みが漏《も》れる。笑い方がキモいのは自覚済みだ。

私とルベルド殿下はずいぶんリアルに愛し合って、それで……

……それで私は、ふわふわしたきもちのまま、目を覚ました。

（え……？）

目を開けると、そこには見知らぬ豪華な天蓋《てんがい》があって……これ、天蓋《てんがい》つきのベッドじゃない？

ここ、どこ？

室内を見回すと――知らない部屋だった。一面の本棚にはぎっしり詰まった本、それから品のいい調度品が並んでいる。

机に向かってなにか書き物をしているのは――

ルベルド殿下⁉

私はガバッと跳ね起きた。

すると彼は驚いたようにこちらを見て、そして嬉しそうに微笑んだ。

「おはよう、アデライザ」

「お、おはようございます……」

挨拶されたから挨拶を返してしまったけれど、えっと、これ、この状況って……

混乱する頭で必死に考える。

ここは、たぶんルベルド殿下の寝室なんだろう。でもどうして私はここに……

「おはよう、っていってもあれからまだ二時間くらいだけどな。ええっと、まずは報告ね」

と彼はノートを見ながら告げた。

「実験は成功した。先生、微量ではあるが魔力の発現が確認できたよ」

「……！」

ほ、ほんとに？　魔力がないって散々疎《うと》まれてきた私にも……実は魔力が隠されていたの……⁉

「すごく微弱だけど、ちゃんと出てる。で、予想外のことが起きた」

「えっ……」

カアアアアアッ、と顔が熱くなる。

予想外のこと？　それってあの『夢』のこと……？　あんな夢見ちゃうなんて、しかもそれをルベルド殿下は知っていて……？

「なんと、微弱な魔力はまだ続いてる。先生、魔力を取り戻したんだよ。いや、先生の場合は魔力を得たっていうほうが正しいのかな」

「え」

サァッ、と頭に知性が吹き込んでくる。

魔力を得た？　私が？　生まれてこの方魔力なんかなくて、失敗令嬢と言われていたこの私に、魔力が……!?

「すごい！　おめでとうございます殿下！　実験は成功したんですね！」

私が祝辞を述べると、彼も嬉しそうな顔をする。

「どういたしまして。もっと実験を重ねたらさらに発現量が増えるかもしれないし、まだまだ付き合ってもらうぜ。いやむしろ魔力関係なく付き合ってほし――ぶわっぷ！」

私が反射的に投げた枕が、殿下の顔にジャストヒットした。

スッキリした頭につられて、私は思い出していた。二時間前になにがあったのかを。

あれは夢なんかじゃないわ。

彼と……その、しちゃったのは研究室だったから、気を失っている間にルベルド殿下が寝室に運んでくれたんでしょうけど……

「馬鹿っ！」

恥ずかしくて死にそうだ。

だってあんなことまで……ああもう、思い出したら顔が熱くなってきた！

ていうか、もう……。なんなのー！　やっぱりあれはただの媚薬《びやく》で、ルベルド殿下は私とああいうことするためにあの薬を飲ませたの⁉

でも魔力は得たって⁉　それってすごいことよ！　だって魔力なしの私が得られたということは、たとえば魔力のない一般兵士にこの薬を飲ませたら、あっという間に魔術隊になるってことなのよ⁉　戦力増強なんて言葉ではとても足りないくらいすごい発明じゃないの！　でも副作用がコレって！　隊内の風紀が乱れまくりだわ！

ああもうっ、なにに混乱すればいいのかわからないっ！

ルベルド殿下はそんな私の荒れた心中など気づかず、嬉しそうにニマニマしている。

「おお、照れちゃって照れちゃって。やっぱりアデライザは可愛いなぁ。まあ、初めてだし、俺もちょっと調子に乗りすぎたトコはある――」

「禁止します‼」

私は腕で大きくバツのマークを作った。

「この研究は禁止！　副作用が大きすぎます‼」

「えー、なんで。副作用、いいじゃん。先生だって気持ちよさそうだったし」

「それは副作用のせいでしょ⁉」

殿下の様子だと、あれは本当にただの副作用みたいだわね。

でもちょっと泣いちゃうわよね。実家の人たちが普通に持ってる魔力を得ようと思ったら、私はあれだけ性欲を昂《たかぶ》らせなきゃいけないってことなんだから。……でも、微力ながら魔力は得られたって話だし……！　むしろ私が魔力を持つためには性欲が足りなかったのかしら⁉　ああっ、ダメだわ。やっぱり頭が混乱してる〜！

「副作用ねぇ。俺もずいぶん頑張ったよ？　その頑張りは認めてほしいな。先生だってとっても気持ちよさそうにしてたじゃん」

「馬鹿ーっ！」

私はもう一度、手近にあった枕を彼に投げつけた。だが枕は彼から遠く外れたところに飛んでいってしまう。ちょっと力みすぎたわね。

「あ、あれは副作用のせいだって言ってるでしょ⁉」

「うん、わかってるってば。本当の先生は不感症で俺なんかじゃ絶対に全然気持ちよくならない鉄みたいな女だよ」

「そんなわけないでしょ！　すごく気持ちよかったわよ！　……あ」

思わず突っ込んでしまってから私は口をつぐむ。

前にもこんな感じで口を割らされたわね……もしかしてこれって殿下の手口なの？

してやったり、とルベルド殿下はにっこり笑っているけど。

「ほら、やっぱりな。でも副作用で感じやすくなっていたのかもしれない。次は副作用が出ていない時にして、普段の先生がどんなもんか検証してみような」

「な、なに言ってるんですか殿下っ」

「だって俺たち付き合ってるんだから。付き合ってたらそういうこともするでしょ？　なら研究者らしく、実験と仮説と検証を繰り返そうぜ」

「付き合っ――え？」

「俺はアデライザのこと好きって告白したし、先生も俺のことが好きだって答えてくれた。それで付き合おうってことになったでしょ。覚えてないの？」

「……お、覚えて……ます……」

そんなの覚えてないわよ！　とはぐらかすこともできたけど、私は認めた。

だって、副作用のせいだけど、本当に彼との行為は気持ちよくて、思い出すと身体の芯が熱くなって……

でも彼は生徒で第三王子で、私なんかが手を出してはいけない人なのよ。

「……なんてね」

と、彼は静かに微笑んだ。

「先生が困るようなことはしない。……ごめん、調子に乗りすぎた。大丈夫、このことは誰にも言わないから」

「殿下……」

「だから安心して。今回のことは本当に薬の副作用のせいだし、そのあとのことも全部なかったことにしよう。先生は実験を手伝ってくれただけだ。だからあのことはお互い忘れて、今まで通りの関係を保てるように努力する。それでいいよな？」

「……」

「もちろん、俺はこれからもずっと先生を好きでいるつもりだけどね。それはいいだろ？」

「え、ええ……」

好きな気持ちは変えられない……、私の気持ちはどうなんだろう。

心は迷っているけれど、口から出たのは心とは裏腹なさっぱりとした台詞《せりふ》だった。

「ありがとうございます、殿下。お心遣いに感謝いたします」

どうしよう。どうしたら……

なんてね。いつもみたいに普通に接するしかないわ。

「えっと……、あの……、じゃあ、その。私……、シャワー、浴びたいんですけど……」

「ああ、いいよ。ロゼッタを呼ぼうか？」

「い、いいえ。だからその、これにて失礼しようかと」

「じゃあ、部屋まで送るよ」

「いいえ、自分で帰れます。では殿下、失礼します！」

と言って、私は逃げるようにしてその場を去ったのだった。

どうしたらいいのかわからない。なんだかもったいない気がする。

……だって、彼との行為は本当に気持ちよかったから。思い出すと今でも身体の奥深くがキュンとしてしまう……でも、やっぱり、ダメよね。殿下にこんな想いを抱くのなんて。

だって、相手は生徒で王族だもの……

うん。私、彼のことは諦めよう。

ていうか、私は彼の研究を狙うスパイでもあるんだから！　こ、これも研究成果を得るための作戦のうちってことにしちゃえばいい。

そう、そうよ。立場が私たちを引き裂くのよ。好きとか嫌いとか、そんなの関係ないの。

それにこの身に得たという魔力、これについても検証してみたいしね！

マティアス王子に報告もしなくちゃいけないし……、って、ちょっと待って。

これ、どこまで報告したらいいの!?　実の弟さんとすることしちゃいました、とか……、恥ずかしくて言えないわよ！

第三章　怒りの渦

ルベルド殿下との夢のような事案から一週間ほどが経過して――

結局あれから、殿下と私は本当になにもなかったように振る舞っていた。

ルベルド殿下は「好き」も「愛してる」も言わないしセクハラもしない、大人しい生徒になってしまったのだ。

以前よりもよそよそしいくらいに。

図書室の本から設問を作ってそれを解く――という授業を開始したのだが、彼は私に突っかかることもなく、なんなく解いていってしまう。

本当に授業なんて必要なのだろうかと虚《むな》しさすら感じるほど、なんの引っかかりもなく、だ。

大人しい殿下を相手にしていると、あの出来事は夢だったんじゃないかと考えてしまう。

でも……

私の身体にははっきりと、あの時の感触が残っている。……そしてそれは、ルベルド殿下も同じだと思う。

あの時……。殿下には、あれは薬の副作用がさせたことだから、と宣言してしまったけれど。

でも、薬が切れても、やっぱり私の身体はルベルド殿下を求めてしまっていて――、でも彼は生徒で第三王子で。

だから、これ以上はダメだと自分に言い聞かせるしかないでしょ。

これでいいんだって、王子殿下と隣国の失敗伯爵令嬢じゃ釣り合わないって、自分を納得させるしか……

そうそう、『魔力を取り戻す薬』を飲んだ効果だけれど。

殿下が言うには、私は確かに魔力を『得た』らしいのだけど、いまいち実感がない。あれ以来殿下と実験の話はしていないし、効果がまだ続いているのかもわからない。

というわけで暇を見つくろった午後、私は館の家庭菜園近くで実験を行うことにした。

題して、『アデライザに魔力はあるかどうかの検証実験』である。

館の裏手……といってもよく日の当たる家庭菜園の前で、私は魔術の本を片手に手を突き出していた。

魔術の本、タイトルは『初級魔術　誰でも簡単！　火の玉を出そう！』だ。館の図書室から借りてきた。

タイトル通り子供向けの本で、ページは少なく子供でも読みやすいように文字が大きくて、挿絵も可愛らしい。

その本を左手に持ちながら……私は右手の手の平を上向きにして突き出し……そして魔力を集めるようイメージする。

すると私の手の平の上に光が集まりはじめ……

「えっ！」

驚いた拍子に集中が乱れ、光は消えてしまった。

「あ……」

で、でも。確かに光は出た……私、魔法が使えるんだ！　本当に魔力を得たんだわ！

嘘みたい、嘘みたい、嘘みたい……！

もう一度試してみようと集中すると手の平を上に向ける。

今度はさっきよりも集中して、そしてイメージする。

手の平に魔力が集まっていくのを感じる――そこですかさず、本に書かれていた呪文を呟いた。

ボッ！

音とともに、小指の爪ほどの大きさの火が、手の平の上に現れる！

「わあっ！」

魔法が使えた……！　使えたんだ、私……！　感動で胸がいっぱいになる。

すごいすごい、本当に魔法が使えるようになったんだ！　実験してくれた殿下、ありがとうございます！　副作用は……ちょっと、考えものだけど！

「あら、先生。魔法の練習かしら？」

声がしたのでそちらを見ると、白髪にメイド服姿のお婆さんがいた。確かシェラさんという、お婆さんのメイドさんだ。

シェラさんが持つ籠《かご》には大きな白菜が入っている。

私は手の平の上にのった火の玉にふっと息を吹きかけて消し、彼女に挨拶した。

「シェラさん、こんにちは」

「ずいぶん懐かしい本をお持ちなのねぇ」

シェラさんはとても嬉しそうに私の持つ本を見やった。

「それ、お坊ちゃんが小さい頃に使っていた本だわ」

「お坊ちゃん……ルベルド殿下が？」

ルベルド殿下は魔力がないのに……？

「そうよ。ああ……そうね。疑問に思うのも無理はないわね。小さい頃には魔力があったのよ。ほんと、懐かしいわねぇ」

シェラさんは目を細めてしみじみ言う。

「ほんとですか」

「ええ。お坊ちゃんの魔力は、それはそれは強くてねぇ……」

「それが、どうして今は魔力がないんですか？」

聞いてから、私はハッとした。もしかしてこれ、聞いちゃいけないことだったりしない？

「す、すみません。無神経で……」

「いいのよ。そうねぇ……」

シェラさんは顎《あご》に指を当てると、考え込むようにしばし黙った。

「そうね……じゃあ、これもなにかの縁だから、話してあげるわ。教えられる範囲でのことになるけど……」

シェラさんはそう言うと、白菜が入った籠《かご》を地面に置いた。

それから私に近くのベンチに座るように促し、私はありがたくその勧めに従う。

「お坊ちゃんの魔力はね、昔はそれはそれは強くてねぇ……あたしもそのお相手をするのが大変だったわ。ちょっと目を離したらすぐにフルーツを凍らせたりするんですもの」

「あはは、すごい。自家製シャーベットですね」

「そうよ、それもバケツ一杯よ。とても食べきれないから、使用人みんなで手分けして食べたりしてたわねぇ」

「へえ……。でも、そんなに魔力があったのなら、どうして今は魔力がないんですか？」

「それがねぇ……」

シェラさんは少し考え込むようにしたが、やがてぽつりと答えた。

「魔力をね、奪われたのよ」

「……奪われた」

その言葉を繰り返しながら頭の中に浮かぶのは、ルベルド殿下の言葉だった。

『魔力を取り戻す実験』――やっぱり、ルベルド殿下は魔力を奪われたんだ。でも、誰に？

「そうよ。……っと、ここから先は、私からは言えないわね」

指を口の前に立てて、パチンとウインクしてみせるシェラさん。

「そうねぇ、あなただったらマティアス王子に聞いてみたらいいんじゃないかしら」

「え？」

一瞬、意味がわからずポカンとする私。それから……

「え、え、えっ⁉」
マ、マティアス王子って⁉　どうしてその名前がここで出てくるのよ⁉
「あら、そんなに驚くことはないわよ。あなたがマティアス王子系統のスパイだってことは、上から聞いて知ってるわ」

「う、うえって……？」

「そうねぇ、私もあなたと同じ立場……ってこと」

同じ立場……、シェラさんもマティアス王子のスパイってこと⁉

だけどシェラさんはにっこり笑って続ける。

「あ、マティアス王子直属ではないわよ。それはクライヴさんだから」

「クライヴさん？　マティアス王子直属……え？　じゃあシェラさんは……」

「ソラリアス教団。こう見えてもシスターなのよ」

シェラさんは人差し指を唇に当てて、もう一度「しー」というポーズをした。

「一応、秘密にしておいてね。もっとも、みんな知ってるけど……」
ソ、ソラリアス教っていえば、世間一般に広まっている教団だけど……
確かノイルブルク王国の国教もソラリアス教団のはずよ？　ていうか私がもといた国であるソーニッジ王国の国教もソラリアス教だし……

「は、はい」

と、反射的に返事をしたものの……

え？　ちょっと、待って。頭がついていかない……。だってシェラさんがスパイ!?　シスターでもある……？　しかもみんな知ってる？　クライヴさんはマティアス王子関連なの？　いや私がマティアス王子のスパイで……いやいやいやいやいや、全然ついていけないいんですけど！　というか、私のことがバレてるー!?

「あらあらあら、そんな青い顔しないでちょうだいな」

「え？　あ……」

青い顔をしていたらしい私に、シェラさんは悪戯《いたずら》っぽく笑う。

「お坊ちゃんには秘密にしておいてあげるわよ」

「は、はい……」

よかった。ルベルド殿下にバレたら大変なことになるところだったわ！　……いやちょっと待って。ルベルド殿下はシェラさんが教団のスパイだって知ってるの？

「あの、シェラさん。ルベルド殿下は、その……」

「そうねぇ、私が教団のエージェントだって、知ってるわねぇ」

のんびりと空を見上げながら、世間話をするようにシェラさんはあっさり言う。

「というか、いつの間にか勘づかれたのよ。それまでは、あたしはお坊ちゃんのお世話係をしていたんですけどねぇ……」

今ルベルド殿下のお世話係っていったらロゼッタさんだけど……、その前はシェラさんが担当してた、ってこと？

「……さて。どうしてこんな話を先生にしたか、おわかりかしら？」

「え、さぁ。なんでですか？」

シェラさんはクスクス笑う。

「あなたに、殿下と仲良くなってもらいたいのよ」

「ええ？」

「詳しくは言えないけど、でも殿下は危険な研究をしているの」

「それは……」

思わずぐっと拳を握る。……ついさっき、この手の上に小さな火の玉を出した。それはつまり、ルベルド殿下の実験の成果であるわけで……

「危険……なんですか」

「ええ、とてもね。そしてソラリアス教団は殿下の研究が完成することを望んでいない。だからあなたにお願いするのよ」

「私に……？」

シェラさんはまっすぐに私を見る。その目は真剣で、冗談を言っているようには見えない。

「お坊ちゃんに、研究よりアデライザ先生を取るようにしてもらいたいの」

「…………そ、それは」

つまり。研究より色恋を選ぶようにさせろ、という……、色仕掛けをしろってこと、よね？

「ね、お願い。あなたしかいないのよ」

「……」

「お坊ちゃんのことが、好きなんでしょう？」

「……え」

シェラさんの言葉に思わずドキッとする。……好きって……。わからない。

え、ちょっと待って。まさか私とルベルド殿下があんなことしちゃったことまで知ってるの？

「今はお互い気まずいかもしれないけど、そこをなんとか……。あたしも仲直りに協力するから」

「ちょ、ちょっと待ってください！　私と殿下が……、その、なんというか……」

「ふふっ」

シェラさんは微笑する。そしてなんだか楽しそうに言うのだ。

「まあ、若いうちはいろいろあるわよね」

「え、えぇっと……」

うつむいて、重ねた手をさわさわとすり合わせる私。か、顔が熱い～！

「ま、頑張んなさいな」

そう言って、私の肩をぽんと叩くシェラさん。

「あなたは好きなんでしょ？　お坊ちゃんのことが」

「えっと、その……、でも殿下は殿下だし、私の生徒だし……」

ついでに言うとスパイの対象だし……

「身分なんて、関係ないわ。というか、あなた伯爵家のご出身でしょう？　なら問題ないわね」

「で、でも隣国の出ですし」

「お坊ちゃんだってもういい歳なんだから、本当に必要ならお坊ちゃん自身がどうにかするわよ。それとも、お坊ちゃんのこと、嫌い？」

「そ、そんなことないです」

「なら問題ないわね」

いやでもだからつまりは生徒だけれども……！

「頑張ってね、アデライザ先生。世界にソラリアスの安寧《あんねい》を」

そう言うとシェラさんは立ち上がり、背中を向けて去っていく。私はその背中を茫然と見送っていた。

えっと。つまり……、いろいろあったけど……、シェラさんは私とルベルド殿下をくっつけたがってる……ってことよね？

……ていうか。情報、多すぎだってば！


翌々日、私は最近の日課としている魔法の練習を行っていた。

館の家庭菜園の前で、これまでしてきたのと同じように本を片手に手を突き出す。

……なのに。ぼんやりと光が集まったかと思うと、それはすぐに消えてしまうのだ。

前は難なくできていた魔力発光――魔法を使う前に身体の一部が光り輝く現象があるのだけど、それができなくなってしまっている。

「どういうこと……？」

薬の効果が切れてきてるってこと？　私の魔力は元通りなくなりつつあるの？　それとも――

私は思わず空を見上げる。昼前の青空は、今の私の心とは正反対に清々《すがすが》しい。

「……」

いまいち――、集中し切れていない自分がいるのだ。

先日シェラさんに言われたこと。……ルベルド殿下の魔力が何者かに奪われたということだとか、それを知りたければマティアス王子に聞け、だとか。私がマティアス王子のスパイだとバレていたことだとか。あとなんだっけ……そうそう、クライヴさんもどうやらマティアス王子関連の人らしい、ということだとかも。

そうそう、シェラさんは私のこと応援してくれるって言ってたけど……、特に動きはない。

というか、私自身、ルベルド殿下との関係をどうしたいのかわからない。

こんなんじゃ集中もできないし、魔力発光ができないのはこのせいかもしれないわよね……

ていうか魔力を奪われた件だけど、殿下に直接聞いちゃうのはどうかしら？

……うーん、それも以前の関係だったら聞けたのかもしれないけど、なんだかよそよそしくなっちゃった今の関係性じゃ聞くに聞けないか……

「はぁ……」

私は青空を見上げたまま、ため息をついた。

いったい、私はどうしたいの……

「アデライザ先生！」

名前を呼ばれて振り向くと、そこには……クライヴさんがいた。

「クライヴさん……」

……クライヴさんは午前の陽光に金髪を輝かせ、青空みたいな瞳で微笑んでいる。

この人はマティアス王子関連の人……なのよね。ということは私の仲間、ってことなのかな？

「こんにちは。魔法の修練ですか？」

「え？　ええ」

「最近いつもしていますよね。毎日努力するなんて素晴らしいです」

「え……、あはは、そんな、買いかぶりです」

子供用の本を片手に魔法の練習をしているだけだしね。しかも魔力発光もしなくなるくらい、集中できてないっていう……

「先生。相談したいことがあるんですが……、ついてきてくれませんでしょうか」

クライヴさんは真面目な顔になって、そう言った。

「相談、ですか？」

「はい」

クライヴさんは真面目そうな雰囲気を崩さず、答える。

いったいなんだろう、相談って。マティアス王子絡みかしら……？

「はい。……ちょっとここでは話せない内容なので」

……？　なんだろ。

まぁ、別に断る理由なんてないか。

「わかりました。行きましょう」

というわけで、私は彼についていったのだった。


「ここです」

と、クライヴさんが案内したのは、図書室だった。

「えぇと……、こっちです、先生」

と言いつつ彼は書架の中を進んでいく。

……ところで気づいてしまったんだけど、今ってクライヴさんと二人きりなのよね。しかも図書室って静かで防音が効いてるし……

なにを相談したいっていうのかしら。

……え、もしかして、まさか……いきなり脱ぎだして『先生、僕の童貞を奪ってください！』とかやりだすやつ？　彼が童貞かどうか知らないけど。

急に危機感が湧いてくる。

私、彼についていっていいの!?

「先生、こっちです」

私の気なんか知らず、クライヴさんはどんどん奥に行ってしまう。

「先生？」

「は、はい」

足を止めた私を呼ぶと、彼はやっぱり奥へ進んでいった。

そしてたどりついた場所は――

「ここです」

そこは、図書室の奥にある書庫だった。

窓もない密室だが、それでも魔法の明かりが灯っているので壁一面に並んだ本がよく見える。

「あ、あの……クライヴさん？　それで、相談したいことってなにかしら？」

も、もしかして本当に『僕の童貞をもらってください』とか言われちゃったらどうしよう……

確かに殿下との行為を思い出すと身体が熱くなることは事実だけど、誰でもいいからこのカラダを鎮めて！　ってわけじゃないのよね。あくまでも殿下がよくて……

ってなにを言ってるの、私は。

「先生に相談したかったのは……これです」

と言って彼は背中を向け――、脱ぐの!?　と思わず身構えてしまう私の前で、クライヴさんは一冊の本を書架から抜き出した。

タイトルは、『水幻素とその自然発生、また応用について』。

「この本がなにか？」

「…………………………お恥ずかしい話なんですが」

と、彼は魔法の明かりに照らされた顔を赤く染めた。

「僕は、魔術が使えないんです。一応魔力はあるんですが……」

そういえばルベルド殿下が言っていたっけ。この館の住人は、殿下と私を除いてみんな魔力がある、と。

「騎士団寄宿学校での検査だと、僕は水属性に親和性があるらしくて。水属性なんて騎士の属性じゃないと思って……、落ちこぼれ扱いされるのが嫌だから、学生時代は魔術には手を出さなかったんです」

ああ、わかる気がする。半端に手を出してそれが使いものにならなかったら、頑張ってる剣術まで馬鹿にされちゃうもんね。

「でも……その。ロゼッタの使う属性も水なんです」

「ロゼッタさん……？」

水属性に親和性があるのか、ロゼッタさんは。だから彼女の淹れてくれるコーヒーはおいしいのね。

「水の膜《まく》を張っての目くらましとか、水で滑りながら僕の懐《ふところ》に飛び込んできて放つ一撃とか、水をまとった拳で僕の顔をわしづかみにして窒息させてくる技とか。とにかく格好いいんです」

「そ、そう」

使い方が武闘系ね……

そういえばロゼッタさんて用心棒的な仕事もするんだったわ。

「水属性も使いようによってはあんなに強いんだ、って。ロゼッタを見て考えを改めたんです。それで僕もあんなふうに魔術が使えたらなって思うんですけど……。なにぶん基礎がなくて……」

「それは困りましたね」

よくあるパターンだと思う。あの時ちゃんと勉強していたら今頃……って悔やむやつだ。

「そこで、先生にお願いがあるんです」

と、彼は本を私に差し出した。

「コレに書いてあることを……、どうか、要約してもらえないでしょうか」

「本の、要約……？」

「はい。僕は剣術ばっかりやってきて、魔術はからっきしなんです。だからこの本の内容もよくわからなくて。ただでさえ難しい本なのに内容が専門的すぎてさっぱりわからないんですよ」

つまり、私がこの本をわかりやすく要約して、それを基礎知識のない彼に教えればいいのね。

でもそれならわざわざ私に相談することじゃないと思うんだけど……

「あの、クライヴさん……。こんな本で勉強しなくてもロゼッタさんに直接教えてもらったらどうかしら？　ロゼッタさん、水属性を使いこなして格好いいんでしょ？」

「いいえ、ダメです！　だって、ロゼッタのこと……驚かせたいんです……」

「………」

あん、もう。この子……

可愛いんだから！

「わかりました。やってみますね」

「ほ、本当ですか⁉　ありがとうございます！」

「でもね、クライヴさん」

私は片手に持っていた子供用の魔法の本を胸の前で立てて彼に見せる。

「難しいことを勉強しようという時は、まずはこういう子供向けの簡単な本で勉強するといいですよ？」

「！　……そうか、そういう勉強方法もあるんですね……」

彼は素直にうんうんとうなずいている。

「さすが研究者さんです、勉強の仕方をよく知ってる」

「元研究者ですけどね」

私は苦笑いを浮かべる。

「あ、すみません。でもありがとうございます、アデライザ先生。勉強方法一つ知らない自分が恥ずかしいです」

「いえいえ、こういうのってコツがあるものですから。……でも、この本の要約もちゃんとしますから、そこは安心してくださいね」

「うわぁ……、ありがとうございます、アデライザ先生！　あの、お金はちゃんとあとでお支払いいたしますから……」

「ふふ、お金はいりませんよ。その代わり……、してほしいことがあります」

ちょっとね……、新しい勉強方法ではしゃぐ彼を見ていたら、いいこと思いついちゃったのよ。

「な、なんでしょうか」

緊張するクライヴさんに、私は告げた。

「クライヴさんて、ロゼッタさんのこと好きなんですよね？」

途端――

「そ、それは、その……」

シュウウウウウウウ……、と煙が出るほど真っ赤になるクライヴさん。かわいー!!

「だったら、これを要約する代金代わりに……、クライヴさん。あなた、ロゼッタさんに告白しちゃいなさい」

「えっ!?」

ややわやわと刺激し合うケンカップルもいいんだけどね。

でもやっぱりオトナのオンナとしては、若い二人をくっつけちゃいたいのですよ。ぐふふ。

「で、でも、僕なんかが……。ロゼッタに釣り合わないっていうか、そもそも男として見られてないし」

「そんなことないと思いますよ」

「で、でも」

「クライヴさん、ロゼッタさんのこと好きなんでしょ？」

「……はい」

真っ赤な顔で、こくん、とうなずくクライヴさん。ああ、可愛いなぁ……！

「だったら……、頑張りましょう？」

ちらり、と私を上目遣いで見てくるクライヴさん。

「先生……。僕なんかが、ロゼッタに告白しても……いいんでしょうか……」

「もちろんですよ！　すっごくお似合いだと思いますよ～！」

「本当ですか？」

「はい。もう、魔界九幻素における神魔術式の天地応用理論よりお似合いのカップルになれますって！」

「……ちょっと難しすぎてなに言ってるか僕にはわからないけど……」

私の力強い言葉に、クライヴさんは瞳を潤《うる》ませている。

「わかりました。僕、告白……してみます」

クライヴさんてば、チョロいぞ！　でもその素直さがきっとロゼッタさんにも響くと思うんだよなぁ。ぐふふ～。

私は恋する青年ににっこり笑いかける。

「はい、応援してます。じゃあ、今すぐ行ってきてください！」

すると彼は一瞬きょとんとしてから、顔をさらに赤らめた。

「い、今すぐですか？」

「はい」

私、にっこり。

「で、でも……やっぱり明日とかのほうが……」

クライヴさんはもじもじと上目遣いで見てくる。だから私は満面の笑みで答えるのだ。

「ダメですよ。思い立ったが吉日と言うじゃないですか」

こういうのは勢いが大事なのよっ！　さぁさぁロゼッタさんのところにゴーするのです！

「私の予感だと、今告白したらうまくいきますから。先生の予感はよく当たるんですよ」

というかロゼッタさんもクライヴさんのこと好きだからね。いつ告白したってうまくいくわよ。

だから、こういうのは勢いが大事ってことね。

「そ、そうでしょうか……」

「大丈夫ですよ。あ、でももし失敗したら……」

失敗なんかしないから、なにか無茶なことを言って勢いをつけさせてあげよう。

「もしロゼッタさんに断られたら、私が代わりにお付き合いしてあげますわ」

「せ、先生が⁉」

シュウウウウウ、とまた煙が出るほど真っ赤になるクライヴさん。

「うふふ。年上は嫌かしら？」

「そ、そんなことないですよ。でも……ええっ⁉」

「あら、意外と乗り気？」

「そっ、そういうわけでは。た、ただ、あの、その」

あわあわとうろたえるクライヴさんに、私は微笑んだ。

「冗談よ。クライヴさんにはロゼッタさんがいますもんね」

「え、えあのその」

「うふふ。ほら、早く行ってきなさい」

「は、はい！」

「頑張ってね」

「ありがとうございます。では、失礼します！」

彼は一礼すると、ぴゅんっと書庫を飛び出していったのだった。

「……うん。青春だなぁ」

なんて独り言をこぼしつつ、私は渡された本を開く。

まったく、いきなりこんな応用理論から学ぼうとするだなんて……、やっぱり子供向けの本で知識つけてからのほうがいいような気がするなぁ。でもま、頼まれちゃったしね。

「……はぁ、復習のつもりで要約しましょ」

なんて呑気に構えていた私だったが……

「…………………おい」

怒気をはらんだ声が、私の背中にかかった。

「え？」

振り返ると、そこには不機嫌さを隠そうともしないルベルド殿下が立っていて……

「え、なんで殿下が……」

が、彼は私の言葉など聞かず、いらついた赤い目で私の肩を書架に押しつけてきた。

「ん、むぅっ――!!」

そのまま唇を重ねられる。

しかも無理矢理唇を割って舌をねじ込んできた。口内を蹂躙《じゅうりん》され、歯列をなぞられ、唾液《だえき》を流し込まれ……

「ぷはっ」

ようやく解放された時には、私は酸欠寸前だった。

「……で、殿下。なにを……ていうかなぜここに？」

ここは密室のはずで……。私とクライヴさん以外には確かに誰もいなかったわよね？　クライヴさんが出ていってから誰かが入れ替わりに入ってきた様子もなかったし……

「ここには隠し通路があるんだよ」

ルベルド殿下は吐き捨てるようにそう言った。

「……え？」

「心配して様子見してればさ……まさかクライヴのこと誘惑するなんてな！」

「ゆ、誘惑？」

「そうだよ。あんな優しい笑顔向けてさ。俺にはあんなふうに笑ってくれなかったくせに……！」

「えっと……あ、もしかして」

――もしロゼッタさんに断られたら、私が代わりにお付き合いしてあげますわ。

――うふふ。年上は嫌かしら？

「え、ええっ⁉　ちょっと待ってください、あれは誘惑じゃなくて、ただの冗談です！」

「冗談だろうがなんだろうが許せるか！　我慢なんてもうやめだ。あなたがエロ教師ならこっちもそのつもりでやってやるよ。あんたは俺のもんだ、今からそれをわからせてやる！」

そう言うと、彼は私のブラウスに手をかけ、一気に引き下ろす！

「きゃっ⁉」

首元のリボンがほどけ、ボタンが弾け飛ぶ。

「ちょ、な、なにするんですか⁉」

強制的に露わになった下着姿を反射的に手で隠しながら抗議するが、ルベルド殿下の怒りは止まらない。

「黙れ」

冷たい目で言い放つと、今度は私の手を押しのけ、ブラ越しに胸をわしづかみにしてくる。

「痛っ……！」

「あんたは俺のもんだ。誰にも渡さない。……そうだ、あんたを一生この書庫に閉じ込めるってのもいいかもな。ここであんたは俺が抱きに来るのを待つだけの一生を送るんだよ」

「ちょっ……！　離してください！」

抵抗するも、びくりともしない。

この人、こんなに力が強いんだ……。ていうか、ちょっと、これは！　殿下の目がすわってるわ。

ちょっとヤバいわよ、これ⁉

「いつか俺の子を産んでも出してやらないからな。ママはどこ？　って子供が聞くんだよ。そしたら俺はなんて答えると思う？」

「し、知りませんっ……」

「『ママはパパだけが知っている場所にいるんだよ』って言うんだ。ははは。楽しみだぜ」

「やめてくだ、さいっ‼」

確かに私の行動は迂闊《うかつ》だったけど……、でもルベルド殿下が隠し通路から見てるだなんて、そんなのわかるわけないじゃない！

とにかく、ここは逃げたほうがよさそうだ。ちょっと、殿下の怒りようが尋常じゃない。

彼の怒りが落ち着くまでは、距離を置いたほうがいいわ。

そうと決まれば話は早い。

私は渾身《こんしん》の力で彼の手を振り払うと、勢いのままに書庫の扉へ駆け出した。

「逃がすかよ！」

しかし、ルベルド殿下の手が私の手首を力強く掴む。

「いたっ……」

「淫乱エロ教師。あんたが誰のものか、その身体にたっぷり刻みつけてやる」

「や、やめて……！」

私は必死に振りほどこうとするけれど、やっぱり男の人の力は強くて……

「諦めろよ」

ルベルド殿下が顔を近づけてくる。

「い、いや、殿下……んっ」

再び唇を奪われてしまう。

「はぁ……っ、もう二度とクライヴなんかに色目使うんじゃねーぞ」

「ち、ちが……っ」

「返事は？」

「だから、あれはただの冗談で……」

「返事は『はい』か『いいえ』だ」

「う……、は、はい」

「よし、いい子だ」

ルベルド殿下の口元に笑みが広がる。

でも、赤い瞳は全然笑っていなくて。……怖いと思った。

ルベルド殿下は唇に笑みを浮かべたまま、私の肩を再びぐいっと書架に押しつける。

「い、痛っ」

「はは、なんか力加減がおかしくなってる」

と言いつつ、彼は私の首筋に顔を埋めてきた。

じゅうううっ、という音とともに首筋に痛みが走る。

え、これって。キスマークつけてる……？　つまりそれって内出血だけど。

「よしっ、これで誰が見てもあんたが俺のモノだってわかるな」

満足げに笑うと、ルベルド殿下は再び――今度は鎖骨の辺りに顔を埋めてきた。

もう一度じゅうううっと音がして、ちくっとした痛みを感じる。

「……っ！」

じゅうううっ、じゅうううっ、じゅうううっ……

何回、彼の証を刻まれただろうか。

鏡がないからよく見えないけど、首から胸にかけてキスマークでひどいことになっていそう……

「よし、マーキング完了っと。これで他の男は手を出せないだろ」

「うう、ひどいです殿下……」

「じゃ、続きをするか」

「ま、まだ続けるんですか!?」

「当たり前だろ」

ルベルド殿下の顔が近づいてくる。

「あ……、で、殿下。やめ……」

「黙れって言ったのが聞こえなかったのか？」

そう言うと、ルベルド殿下はまた私の唇にむしゃぶりついてきた。

「ん、う……」

「……はぁっ、ほらエロ教師、舌出せよ」

「はい……」

言われるままに舌を出すと、ルベルド殿下が舌を絡めて吸ってくる。

「んんっ……、ん、く」

舌の根元からじゅるじゅると音がする。

唾液《だえき》がまじり合い、口の中がとろけていくような感覚。

ああ、抵抗しなきゃいけないのに、全然力が入らない。

「んぅ、あふ……」

「あんたのこと内側から俺のものにしてやるから。ほら、いっぱい唾液《だえき》のめ」

「や、やめてくださ、……んっ」

拒否の言葉を言い切る前に、再び口を塞《ふさ》がれてしまう。

とろりとした唾液《だえき》が喉の奥まで流れ込んできて、のみ込むしかなかった。

ん……殿下の唾液《だえき》……あまい……

ああもうだめ……なんだか頭がぼうっとしてきた。身体も熱くなって……

「ぷはっ……。なんだよその顔。とろけちゃってさ……、もっと欲しいのか？」

「ち、違……」

「違うわけないだろ。あんた今発情してんだぜ。俺のことが欲しくてたまらなくなってんの。ほら、腰まで動いてる」

え？　そ、そんなこと……。が、確かにゆるゆると、私は無意識のうちに腰を殿下に押しつけていた。

「こ、これは、その」

「いっぱいキスマークつけられて唾《つば》のませられて発情とかさ。やらしー」

彼は悪戯《いたずら》っぽく笑うと、私のブラジャーを上に押し上げて胸を露出させた。

「あっ、ちょっ……」

「意外とあるじゃん。見た感じ、もっと小さいかと思った」

まあ正直、確かに胸はそんなに大きいほうじゃないけどさ……

「じゃ、いただきます」

ぱくり、と胸に吸いつかれる。

「ん、やあ……っ」

ちろちろ、ちろちろ、と先端を舐《な》められ、ちゅぱちゅぱと吸われ……

「あ、やだ、だめぇ……」

「ダメっていうわりには感じてるみたいだけど」

「だ、だって。それは殿下が……」

「ああそうだよ。これからじっくり開発してやる。俺専用のおっぱいに育ててやるから」

彼はいったん私から顔を離し、自分のズボンを膝まで下げた。反り返った彼自身が密やかな魔法の光に浮かび上がっている——なんだかすごく、淫靡《いんび》だ。

彼は赤い瞳を光らせ、口の端をちろりと舌なめずりして……

「エロいあんたのおっぱい吸ってたら勃っちまった。触ってよ」

ルベルド殿下が私の手を掴んで、彼自身の股間へ導いた。

熱い……、すごく熱くて、それに硬い。

……それだけで子宮がキュンとうずいてしまう。

「なあ、早くしてくれよ」

「はい……」

私はゆっくりと手を動かしはじめた。すべすべしたそれは、すぐに先から出てきた透明な液でぬるぬるになる。

「んっ……」

彼が吐息を漏《も》らす。

「ああ……イイ……。先生、うまい。イイ……すごくイイ……だけど……」

彼は指で私の唇に触れ——

「ここでしてくれたらもっとイイかも」

「え……？」

「俺もこの前してあげただろ？　先生もしてよ」

「あ……」

夢かもしれないって、心のどこかで思ってたけど。やっぱりあれって、夢じゃなかったんだ……

魔力を発現させるための薬を飲んで、その副作用で身体が熱くなって……

私と殿下であんなことをしてしまった。

その時に殿下が、私のあそこを、お口で……

殿下が私の耳元で甘く囁《ささや》く。

「熱くて、トロトロで、ぐちょぐちょになった先生のアソコに舌突っ込んでさ。ぐちゅぐちゅしてあげたでしょ？」

「う、うぅ……」

あの時のことを思い出すだけで、お腹の奥がキュンとする。……殿下が欲しくてたまらなくなってしまう……

「だから、今日は先生が俺にやってよ」

「わ、わかりました……」

私はひざまずくと彼のモノを両手で支え、おそるおそる先端にキスをした。

ルベルド殿下は、私がしやすいように少し身体の位置を下げてくれる。

唇に伝わってくる先端の感触は、なんだか熱くて優しげで。怒ってるくせに、ここは妙に可愛げがあるというか……

そして、そのままえいやっと口に含んだ。先端から出ている透明な液は、酸っぱいような苦いような、不思議な味がした。

「あ……」

殿下がかすかな喘ぎ声を上げる。それがなんだか可愛くて、ぺろぺろと先端の液を舐《な》めとっていく。どんどんあふれてくる……

「せ、先生。手で竿のほう握ってくれ……それで上下に動かして……」

「はい……」

言われた通りにすると。

「はぁっ……」

高い声で殿下が喘いだ。……なんだかぞくっとする。

可愛いじゃない、殿下。

……そうよね。殿下って可愛いのよね。

怒ってるのだって、嫉妬《しっと》して怒ってるだけなんだし。

クライヴさんにあんなこと言った私も悪いのよね……。冗談でも言っちゃいけないことってあるもの。オトナなら、それくらいわかっておくべきだったのかもしれない。

ごめんね、ルベルド殿下……

おわびの意味も込めて、私は丁寧に丁寧に彼のものを愛撫した。もともと硬かったそれが、より硬さを増していく。もうカチカチだ。

「……はぁ……はぁ……先生……」

殿下の息が荒くなっていき、腰がゆるゆると動いてくる。

太ももがピクピクと痙攣《けいれん》する。感じているんだ……と思うと、とてもドキドキした。

「せ、先生……」

「はい……？」

「ぜんぶ、ぜんぶくわえて……っ、先生の口、気持ちいいっ……！」

私はおそるおそる、根元まで全部口に含んだ。喉の奥に先端が当たって、少し苦しい。

「先生……動いて……」

そう言われて頭を動かしはじめると、口の中の殿下がさらに大きくなっていく。反り返りが上顎《うわあご》に当たるたび、ゾクゾクする感覚が私を襲う。

「あっ……先生……っ、気持ちいいよ……」

殿下の声が切なそうに響く。

私の口で感じてるんだと思うと、嬉しくて胸がキュンとなる。もっとしてあげたくなる。

私は殿下のものをできる限り奥までくわえて、顔を動かした。じゅぽじゅぽといやらしい音が辺りに響く。

「あぁっ、先生！　それヤバい……！　出る、あ、出る、先生ぇ……っ！」

次の瞬間、どくんっと脈打ちながら、熱いものが喉奥へ注ぎ込まれた。苦味のあるそれをごくりとのみ込む。

「はあ、はあ、はあ……」

殿下はしばらく放心していたけれど、やがて我に返ったようで、慌てて謝ってきた。

「せ、先生。わりぃ、俺……ちょっとやりすぎた……」

すでに、その赤い瞳からは怒りの光は抜けていた。……一回達して、余裕が出たのだろう。

「ううん、私こそ、ごめんなさい」

私は自分の胸元に手を当てて彼を見上げる。

「あなたの気持ちも考えずに……。言って良い冗談と悪い冗談の差くらい、オトナなんだからわかって当然なのにね。本当にごめんなさい。反省しています。もう二度と、あんなこと誰かに言わないわ」

「いや、俺のほうこそ、悪かったよ。無理矢理してさ……キスマークこんなにつけちゃって、ごめんな……」

ルベルド殿下は膝をついて、私につけたキスマークを優しく撫でて謝ってくれた。

「ううん。いいの……」

私は首を横に振った。

「だって……ルベルド殿下のって証でしょ？　ちょっとくらい痛くても、私、嬉しいから……」

そう言って笑いかけると、殿下は顔を赤くした。そして、ちょっと恥ずかしげに、上目遣いで私を見てくる。

「……先生」

「はい？」

「俺、先生のことが好きだ」

「っ」

ちょっ……

突然の言葉に、思わず赤面してしまう。

「この前も言ったけどさ。ほんとに先生のこと好きなんだ。先生もそうだったらいいなって、思ってて……。でも先生は俺のこと生徒だとか王子だとか言って苦しそうで……」

「だ、だって……」

実際、ルベルド殿下は生徒で王子様だもの。私が手を出していい相手じゃないわ。

「だから俺、我慢してたんだぜ、これでも」

「殿下……」

「そこにあんなことクライヴに言ってるの見ちゃってさ……。カァーッて、頭に血が上っちまった。ほんと悪かった、先生」

「……私も悪いんです、殿下。頭を上げてください」

「なぁ、先生は？　俺のコトどう思ってる？」

そんなふうに聞かれては、素直に答えざるを得ないじゃないか。

「わ、私も、好き……です」

「ホントに!?」

「ええ……」

「じゃあさ、俺たち両想いってことだよな？　やっぱり付き合おうよ」

「え……っ」

変わり身が早いなぁ……。あとチャラい感じがする。これも若さ……、なのかな……

殿下は私の手を取ると、手の甲にキスをした。まるでお姫様にするような仕草で。

「ちょ、ちょっと……」

「先生、俺と付き合ってください」

「………」

ずるいわ、殿下ったら……。こんな時に王子様っぽいことするんだから。キュンってきちゃうじゃないの。

私はできるだけ平静を装いながら、答えた。

「……わかりました。よろしくお願いしますわね、殿下」

オトナですもの。これくらいのケジメはつけるわよ。

「やった！　ありがと、先生!!」

殿下はぎゅっと抱きしめてきた。私もそれに応えるように腕を回す。

「……ほんとさっきはごめんな、アデライザ。今度は優しくするから……最後まで、しよ？」

「え……」

「なぁ、いいだろ？」

殿下の顔が近づいてきて、唇が重なる。

なんていうか……、この性欲に素直なところ。若いっていうか……

可愛いな、って思っちゃう。


私たちははだけた服のまま、書庫から殿下の寝室へ向かった。

移動には隠し通路を使ったんだけど……書架がすっと左に動いていくのはワクワクしたし、細くて曲がりくねって埃《ほこり》っぽい通路はドキドキして、なんだかより淫靡《いんび》な気分にさせてくれた。

それで、殿下の寝室につくと、私たちはそこでまた抱きしめ合ったのだった。

「ん……アデライザ、アデライザ……」

何度目のキスになるのだろう。私たちは激しくキスを交わす。

「……この前のアデライザも可愛かったけどさ。やっぱり普通の時のアデライザも見てみたいと思ってたんだ」

「も、もう。殿下ったら……」

「ルベルド、だろ?」

「はい。ルベルド……」

「よくできました」

よしよし、という感じで頭を撫でられる。子供扱いされてる気がして少し悔しい。

それにしても、『先生』呼びが『アデライザ』に変わっただけで、なんでこんなにもドキドキするものなのかしらね。

「アデライザ……」

キスの合間に、名前を呼ばれる。

「好きだよ、アデライザ……」

そうしてまたキスをする。

何度も何度もキスをしているうちに……いつの間にか私たちはベッドの上に倒れ込んでいた。

ルベルドのベッドは大きくてふかふかで、ルベルドの匂いでいっぱいで……。彼に丸ごと包まれているみたいで、頭がくらくらしてしまう。

しばらくして、唇が離れる。

「ふぅ……。やっぱりアデライザは可愛いなぁ……」

と言いつつ、彼の指先がそっと私の鎖骨に触れた。

「ごめんな、こんなにしちゃって……」

見えないけど、そこにはたくさんのキスマークがあるはずだ。

「……いいですよ。ルベルドなら、いいんです」

私がそう言うと、ルベルドは申し訳なさそうに微笑んだ。

「ありがと。服着たら見えない位置だとは思うけど、なんか言われたら俺につけられたって言っちゃっていいからね」

「そっ、そんな……っ」

顔を赤くする私を前にしながら、彼は自分の服を脱いでいった。

現れた胸板はたくましくて……なんだかすごく色っぽく見えてしまう。引き締まったお腹やわき腹の筋肉はもっと色気がすごいし、それにその下にある天を向いた彼自身も……。さっきお口でしたのに、体力あるんだな……

それからルベルドは私の服も脱がしにかかる。

あっという間に脱がされて、私たちはベッドの上、裸で向き合った。

そして、またキスをした。

そうしながらルベルドの手の平が、私の胸をすくうように持ち上げて……

「ん……」

「柔らかい……」

そのまま胸を揉みしだく。

私の胸は小さめで、ルベルドの手にすっぽり収まってしまう。それがなんだか悔しいけれど……でもやっぱり彼に触られているというだけですごく気持ちいい。

彼は私の胸を優しく撫でたり揉んだりしながら、手の平に感じる胸の鼓動を楽しんでいるようだった。

が、次第に指が胸の先端をかすめるようになって……

「んっ、あっ……」

「ここ、気持ちいい？」

「は……い……」

ルベルドは胸を揉むのをやめ、ピンピンと人差し指で胸の先端を弾き出した。

「あっ、やっ……」

「可愛いなぁ。アデライザは。感じてるアデライザはほんとに可愛い」

「う……」

可愛い可愛いと言われすぎて、さすがに照れてくる。

ルベルドは胸の先端を触っていた手を、そろそろと下のほうへ移動させていき……

――ぴちゃ、と水音がした。

「ひゃっ」

彼の指が、私の秘密の場所に触れている。

「すごい濡れてる。薬なんかいらないな……可愛い」

もう薬の副作用だと言い訳できないんだ。身体がルベルドを求めてるってバレてるんだ。そう思うと恥ずかしくて死にそう。で、でも気持ちいい。

彼はそっと指を動かしはじめた。くちゅくちゅと卑猥《ひわい》な音が彼の指を出迎えて、それからだんだん中のほうへ……時折入り口をほぐすように優しく広げられ、そして指がもっと奥のほうへ入ってくる。

「あっ、あぁ……っ」

「痛くない？」

「だいじょ、ぶ……」

彼の細長い指は、最初は圧迫感のあるものだった。ルベルドは少しずつ指の動きを激しくしていく。そうすると水音がさっきよりももっと激しくなっていって、耳まで犯されている気分になる。

私は知らず知らずのうちに腰を動かしていたようで、それを見た彼がふっと笑った気配がした。

そして……

「っ⁉」

不意にルベルドの指が、敏感《びんかん》な花芯に触れた。

「あぁっ、やっ」

指は容赦《ようしゃ》なくそこをこすりはじめる。

「そ、それ、だめぇっ」

私は身をよじるけれど、ルベルドのもう片方の手で抱きかかえられてしまった。逃げられない状態で敏感《びんかん》な部分を責め立てられて……

「ル、ルベルド、ルベルドぉ！」

「ああ、ここにいるよ。大丈夫。もっと気持ちよくなっていいんだよ」

「あっ、やっ、ひぁっ……」

彼が指の動きを激しくする。

意識していないのに下半身に力が入っていく……！

「やっ、あぁぁっ」

「イっていいよ、アデライザ」

「あ、ああっ……！」

耳元で囁《ささや》かれたその甘い言葉に……私は絶頂へ導かれた。

私が余韻《よいん》に浸っていると……ルベルドが彼自身を私の入り口に押し当てているのに気がついた。

「もう限界。挿れるね」

「は、はい……」

そうよね、私ばっかり気持ちよくなっちゃダメよね……

「痛かったら言って。無理しちゃだめだよ」

言いながら、ルベルドがゆっくりと私の中に入ってくる。彼の熱さを直接感じて……そして彼でいっぱいにされている感じがすごく嬉しくて。

私は腕を伸ばして彼を抱きしめた。もっとくっつきたい……って思って。

「……ん、アデライザ」

ルベルドはそれに応えるようにぐっと奥まで入ってきて……私たちはそのままキスをした。

「ルベルドぉ……」

ゆっくりと抽挿が開始される。でも、ただ動かすだけじゃない。私の感じるところを探り当てようとしているらしく、時折腰を回したりしながら彼は私の中を探り続けた。

やがて彼の先端が私の奥をかすめた、その瞬間。今まで感じたことのない衝撃が走る。

「んぁああっ⁉」

「ここ？」

彼は同じところを何度も突いてきた。

そのたびに、目の前がチカチカするくらい気持ちいい……っ！

ルベルドは私が声を上げるたびに嬉しそうな顔をする。

「……ふふっ。見つけた、アデライザの弱いとこ。ここかぁ……」

そうして、何度も何度も気持ちいいところを責め立てられる。

私はいつの間にか、ただただ声を上げることしかできなくなっていた。

「んっ、あぁっ、やぁっ……」

「気持ちいい？　たくさん突いてあげるね」

ルベルドが奥を突くたびに私の中から蜜があふれてきて、ぐちゅぐちゅと卑猥《ひわい》な音を立てる。

ああ、もう……だめ、ほんとに。

その間も彼は私の胸を揉みしだきながら、まっすぐに腰を打ちつけてくる。

「やっ、あぁっ」

「……はぁっ、俺ももうダメっぽい。そろそろ……いい？」

私はただ何度もうなずくしかできない。すると彼は一気に腰の速度を速めてきた。激しい水音が室内に響き渡る。そして……

一番奥に突き出されて、彼の動きが止まる。

「くっ……」

彼が一瞬苦しそうな顔になって、それから何度かビクッビクッと何度も痙攣《けいれん》した。熱い精がほとばしるのを感じる。

それと同時に。

「あ……、あ、ああっ」

私は身体中を駆け巡る快感に震え、意識を手放した……


目を開けると、私はルベルドの腕の中にいた。いつの間にかお互い裸で抱き合っていたらしい。

頭がぼーっとする……

私、彼と……したのよね……

「先生、アカツキって言葉、知ってる？」

ぽつりとルベルドが呟くのが聞こえた。

「アカツキ？　それって、ルベルドのミドルネーム……」

激しい疲労感に包まれ、ぼんやりとした頭で私は思い当たったことを口にする。

ルベルド・アカツキ・ノイルブルク。それがルベルド殿下のフルネームだったはずだ。

するとルベルドはくすりと笑った。

「博識な先生なら知ってるかもと思ったんだけどな。アカツキってさ、異世界のとある国の言葉で、『赤い月』って意味なんだって」

「そうなんですか……。でも、どうして……」

そんな言葉がミドルネームなの？　そしてなぜ今それを言うの？

「俺の母上の、名字なんだよ」

「……お母様の」

眠りに落ちそうな頭で、私は話についていく。

……ルベルドのお母様は、発表されていない……

「ああ。だから正式なミドルネームじゃなくてさ、母上を忘れないように、俺が勝手にミドルネームにしてるだけなんだ」

「ルベルドの、お母様……」

異世界の言葉が名字ということは、ルベルドのお母様は異世界に関連がある人なんだわ。異世界人か、あるいはその家族か……

「母上のことは、よく覚えてない。でも俺がまだ小さい時に……」

封印――そんな言葉が、ルベルドの唇から漏《も》れたような気がするけれど。

それ以上、私の意識はもってくれなかった。

すとん、と落ちるように私は眠りにつく。

「おやすみ、アデライザ」

唇に柔らかな感触が落ちて……。私は幸せな気持ちに包まれながら、眠りに落ちていった。

第四章　赤月館の陰影

それから数日後のこと。

ルーヴァス教授が赤月館にやってきた。

「突然訪ねて申し訳ないのう、ルベルド」

と、白髪に白髭のお爺さん教授はにこやかに微笑みながら紅茶をすする。

私たちはルーヴァス教授をもてなすために、応接室で紅茶を飲んでいるのだった。もっとも、私の前にあるのはコーヒーだけどね。ロゼッタさんが特別に淹れてくれたものである。

そのロゼッタさんといえば、部屋の中にはいない。応接室の扉のすぐ外に立って、私たちを警備してくれている。呼べばすぐ来てくれるそうだけど、ずいぶん厳重な警備だ。

それにしても、ルーヴァス教授とソーニッジ王立魔術研究所以外で会うなんて、なんだか新鮮だった。

とはいえ本来ならノイルブルクにいるルーヴァス教授だから、これこそが自然な状態ともいえる。

ルーヴァス教授はノイルブルク大学の教授であり、ノイルブルク城の魔術研究部門の主任でもあるのだから。

「いえ、教授ならいつでも大歓迎ですよ。ようこそおいでくださいました」

見たこともないくらい丁寧な態度で、ルベルド殿下が応じる。

「俺も教授に会いたかったんです。アデライザを紹介してくれて、ありがとうございました」

そう言って、ふかふかのソファーに腰かけたままルーヴァス教授に丁寧にお辞儀をするルベルド殿下。

「教授が『ソーニッジ王国の魔術研究所に面白い研究者がいる』と紹介してくださらなかったら、俺はアデライザに興味を持つこともなかったですから」

「いや、なに。可愛い教え子に仲間を見つけてやるのも、先生の務めじゃて」

ルーヴァス教授は穏やかに微笑む。

「むしろ感謝をせねばならぬのはワシのほうじゃ。アデライザさんや、ルベルドが世話になっておるようじゃな」

「い、いえ……」

私はどう答えていいやらわからずに曖昧《あいまい》に微笑んでみせる。

気づかれてる……のだろうか？　私とルベルド殿下が、その……付き合ってる、ってこと。

ルーヴァス教授の雰囲気からして……。バレてる可能性高い気がするな……

「まったく、あの死にそうだった子供がこんなに立派になるとはのう……、ワシも歳をとるわけじゃ」

ふふっと笑いながらルーヴァス教授はポケットから飴の缶を取り出した。

「ほれ、お食べ」

「いただきます」

「アデライザさんも、どうぞ」

「ありがとうございます！」

遠慮なくその飴をもらって口に含む私。優しい甘さと、飴に含まれるカフェインとハーブが頭を覚ましてくれる。

「まったく、あの時は肝を冷やしたものじゃ。封印の外側からでも接触してくるんじゃからな」

「封印？」

最近どこかで聞いたことのある言葉に、私は心が粟立《あわだ》つのを感じた。

「なんじゃ、言っておらんのか」

しまった、というふうにルーヴァス教授は口元を押さえ、視線をルベルド殿下に向ける。

「すまんの、ルベルド。出すぎた真似をした」

ルベルド殿下は硬い表情でうなずいた。

「……いいえ。いい機会ですし、アデライザにも知っておいてもらったほうがいいのかもしれません」

ルベルド殿下は居住まいを正すと、私に向き直った。

「聞いてもらいたい話があるんだ、アデライザ。……俺の魔力が、奪われた話だ」

ガリッ。

思わず口の中の飴を噛み砕く私。

……殿下の魔力が、奪われた話。

シェラさんに言われたことを思い出す。マティアス殿下に聞けばわかる、と。

それよりは、ルベルド殿下本人に聞いてしまうのが一番正確だし、手っ取り早い……

「アデライザは知ってるか？　今から約五〇〇年前に魔王が封印されたことを」

「はい。それくらいなら、まあ」

人々の心をかき乱し、疫病《えきびょう》を振りまき、手下の魔物たちを各地に放った、恐ろしい魔王。

五〇〇年前に猛威《もうい》をふるったその魔王を、異世界から来たたった一人の聖女が封じた――そんな伝説が、ノイルブルク王国やソーニッジ王国には伝わっていた。

「でも、たった一人の聖女がどうやって魔王を封印したのかはわからない、昔の人々の魔術は今よりすごかったんだろう――ってオチがつくんですよね。まぁおとぎ話に論理を求めても無駄なんでしょうけど」

「それがおとぎ話でもなんでもない、歴史上の事実なんだ」

「え？」

「正確に言えば、伝わっている話は事実とはだいぶ違ってるけどな。聖女がたった一人で封じたんじゃない、昔のノイルブルク王家が全勢力をあげて、聖女と協力して魔王を封じたんだ」

ルベルド殿下は、そう言って紅茶を一口飲む。

「――その証拠に、魔王の封印はノイルブルク城の地下深くに今も存在している」

「えっ……」

魔王の封印が、ノイルブルク城の地下に……？

「魔王が封印されてるのってさ、巨大な水晶の柱なんだ。外見だけなら綺麗なもんだったよ、この世のどんな宝石よりも神秘的で美しかった」

ルベルド殿下の赤い瞳が、まっすぐに私を見つめていた。

私は息もできずに、ただただうなずくことしかできない。

魔王の封印――そんなものが本当にあるとしたら、ソラリアス教団の本部とかだと思っていた。魔王を封印した五〇〇年前の聖女イリーナはソラリアス教団の所属だからね。

ルーヴァス教授が静かな口調で告げる。

「その封印装置を作ったのはワシのご先祖様なんじゃ。ワシも聖女の封印と浅からぬ関係がある、というわけじゃよ」

「そうなんですか……」

「ノイルブルク王家はその時以来、封印を守るために存在しておる。いわば魔王の封印を守護する一族じゃな」

そうなると確かに、ソラリアス教団ではなくてノイルブルクのお城に封印があるという話もうなずけるわね。

「だから」

と、ルベルド殿下は続ける。

「だから、王族の俺は……、封印装置のもとに行くことができた。まだ五歳の時の話だ。俺は一晩、その水晶柱に寄りかかって、そのまま寝ていた」

「え……ど、どうしてそんなことを」

「……魔王とともに封じられている聖女と、話がしたかったんだ」

ルベルド殿下は拳をぎゅっと握りしめた。

「できたら、魔王と直談判《じかだんぱん》もしたかった」

「え、ちょっと待ってください。聖女が……封じられている？」

ルーヴァス教授がうなずき、補足してくれる。

「魔王の封印には聖女の清き魂が必要なんじゃよ。だから聖女は魔王とともに水晶柱に封印されておる」

「そ、それって……」

私の頭の中に、一つの単語が浮かんでくる。

――人柱。

「魔王の魂を、聖女の魂によって封印し続ける。いわば、聖女の魂を魔王に食わせ続けるんじゃ。そうすれば封印が保たれる――魔王の封印とは、そういうものじゃ」

ルーヴァス教授の言葉を受け、ルベルド殿下がぽそりと呟く。

「俺はその事実を、その日の前日に知った。……だから、一晩水晶柱のそばで眠った。夢の中でなら聖女と話せるかも、とか思ってさ」

「殿下……」

「それで」

ルベルド殿下は私をひたと見据えて言った。

「翌朝、発見された時には。俺は――死にそうなくらい、衰弱《すいじゃく》していた」

「え!?」

「一晩、水晶柱に触れてただけなのに、俺の身体は生命力をごっそり持っていかれたんだ」

ルベルド殿下は両手で顔を覆う。

「俺は、魂を魔王に食われたんだよ」

「どうしてそんな……。魔王は封じられているのでしょう?」

「もちろんだ。でも俺は水晶柱にくっついて寝てた。封印に直《じか》に触れてたせいで、中の魔王が手を出せたんだ。新しい魂だ、さぞかし美味《うま》そうに見えたんだろうな」

「で、でも! それならなぜ、今は回復してるんですか?」

私は思わずそう聞いていた。だって、魂を食われたのなら死ぬんじゃないの、普通? だって魂だもの。人柱にされた聖女が五〇〇年もの間魔王に魂を食われ続けているのは……、私にはちょっとわからない原理だけど。でも、聖女というのはそれだけ特別なものなんだろう。

「だからワシが呼ばれたんじゃ」

ルーヴァス教授がルベルド殿下の言葉を補足する。

「ワシは水晶柱を作った魔術師の子孫じゃからな。その結果わかったのは――」

ルーヴァス教授はルベルド殿下を見て言う。

「ルベルド殿下の魂は、聖女に守られていた、ということじゃ」

「……え？」

私は思わず身体を前のめりにした。だって、今ルーヴァス教授が言ったことって、ルベルド殿下が言ったことと矛盾するじゃない。

「でも、殿下は『魔王に魂を食われた』って……」

「そうじゃな。より正確に言うなら、魔王に魂の一部――『魔力』の部分だけを食われるに留まったんじゃ」

「聖女の魂が、――聖女の意識が、ギリギリで俺を守ってくれたんだよ。魔王がかぶりつく時に俺の魂の角度を変えて、魔力を先に食べるようにした……というようなイメージだと、俺は思ってる」

私は頭の中に、丸い林檎をイメージした。赤い部分の多い林檎だけど、青い部分が一カ所だけある。食いつこうとしたその時、林檎はくるりと回されて、青い部分に食いついていた――きっと、そういうことだろう。

「じゃあ、殿下の魔力が奪われたっていうのは……」

「そうだ。俺の魂に宿っていたはずの魔力は、聖女によって魔王に差し出され、奪われた。俺の命を守るためにな」

「いやぁ、大変だったのう……」

当時のことを思い出したのか、ルーヴァス教授がふうぅっと重いため息をつく。

「食われた魂を修復して、死にかけのルベルドに治癒《ちゆ》魔法を何重にもかけて……」

ルーヴァス教授がルベルド殿下に飴を勧める。

「もう一つどうじゃ、ルベルド？」

「いただきます」

と言ってルベルド殿下は飴を口に入れると、速攻でガリガリ噛み砕く。相当ストレスを感じてるみたいだわ……

しかし、魂を魔王に食われた？　しかもそれがギリギリで、聖女によって守られた？　そして今、殿下は魔力を取り戻す研究をしている……

ルベルド殿下の研究は、ただ魔力を得るためだけのものじゃなかったってことなのね。本当に、奪われた魔力を取り戻すための研究だったんだわ。

「あ、あの。私はなにをしたらいいですか？」

彼の役に立ちたいと、私は思った。それだけの苦労をしてきた彼を放っておくなんて、できない。

「ああ」

ルベルド殿下は私をじっと見て、微笑んだ。

「――とりあえず、研究の中止を取り消してほしいな」

「え……あ、えぇっ!?」

……そうだった。魔力を取り戻す研究は、副作用で私があんなことになってしまったから中止させたんだった。ていうかルベルド殿下ったら、律儀《りちぎ》に中止してたの？　こんな背景があるのなら、私の言葉なんか聞かずに研究を続けたっていいくらいなのに。

「魔力を取り戻す研究は、あんたのおかげでもう少しで完成しそうだからな。本当にありがとう、アデライザ。あんたに魔力がなくてよかったよ」

「い、いえ……」

……魔力がないことに感謝されたのは生まれて初めてだ。こそばゆいっていうか、なんか、変な感じ。

「でも、もっともっと、研究しなくちゃならないことはある……」

そこで殿下はティーカップを両手で包み込み、水面を見つめていた視線を上げた。

「その時に、俺の隣にいてくれるのがあんただったらいいなって思う。できたら、一生」

「えっ」

顔を赤らめた殿下が、赤い目でまっすぐに私を見つめてくる。

え、え、え。これって、もしかしてプロポーズ……!?

「ほっほっほっ」

ルーヴァス教授の朗らかな笑い声が、応接室に響き渡った。

「いやはや、若いってのはいいものだのう。どれ、ワシも若さを取り戻すためにもシェラさんとお話でもしたいところじゃ。ルベルド、シェラさんはどこかの？」

「ああ――」

ルベルド殿下は苦笑した。

「シェラなら、中庭で野鳥に餌《えさ》でもあげてると思いますよ」

「しかしお主も思い切ったことをしおったのう。長年仕えてくれてきたシェラさんを世話係から解任するとは」

「婆や——いやシェラは、もう歳ですから」

苦笑しながら紅茶を飲むルベルド殿下。

「やっぱり若いほうがいいってことかのう？」

「そういうんじゃないですけどね」

「私費で若いメイドを雇った人間の言うこととは思えんの」

「……そこを突かれると痛いです」

ルベルド殿下は笑いながらカップを置いた。

「シェラには本当に感謝してます。でも、そういうんじゃないんですよ」

「それは、どういうことですか？」

と、私は尋《たず》ねる。

「こういうことだよ」

ルベルド殿下はカップの中を私に見せた。綺麗に飲み干されたカップの底……

赤い瞳が私を貫《つらぬ》くように見据えてくる。

「え……？」

私は思わず気圧《けお》されながら、いつだったか、ルベルド殿下が言っていたことを思い出していた。

『もし俺が毒殺されたとしても、心当たりがあるから安心してくれていいぜ』

――シェラさんは、ソラリアス教団のスパイ。それは多分、ルベルド殿下も知っていて……

心当たりって、シェラさんのことだったのね……

＊＊＊＊＊

「あっ……だめ……」

私は、ベッドでルベルドに組み敷かれていた。私の艶声に気をよくしたのか、ルベルドは微笑んで腰を突き出してくる。

「あんっ……！」

「気持ちいいか？」

耳元で囁《ささや》かれれば、ぞくりと背筋から全身へ震えるような快感が走る。

「ち、違うの、そういうのじゃなくて……っ」

この期に及んでも認められない私は、心にもないことを口走る。すると、彼は嬉しそうな笑みを浮かべた。

「嘘はいけないな、先生。ほら、ここはこんなに俺のこと悦《よろこ》んでるぜ？」

ルーヴァス教授との面会があってから一週間ほどが経つけど、最近、毎日こんな感じでルベルドに抱かれていた。

今日だって、授業中にそういう流れになって。授業中はダメだと抵抗したんだけど、結局流されてしまって……

しかも教室代わりに使っている書斎から彼の寝室に移動しての、本格的な行為となってしまっている。

新しい秘薬を準備するためには、まだしばらく時間がかかるということで……、それまでの『実験』と称しての行為だった。つまり、薬が効いてない状態での感度を確かめる、という口実である。あの時ゆるっとしたプロポーズをされてから、そのことについては触れてくれないけど。でも幸せの絶頂の私はつい倫理観がゆるくなってしまっていた。

明日からちゃんとする、明日からちゃんとする——そう思いながらも、結局また同じことを繰り返してしまうのだ。

それに、私には彼のスパイという仕事だってある。本当はこんなことしちゃいけないんだと、冷静な部分が告げている。いやむしろスパイであったとしたら、この行為にも意味があるような……つまり、色仕掛けってことになるのではないか？

でもそんなの殿下には絶対に言うことはできないし……

いけないという心とは裏腹に、今だって、彼が動くたびに、私の身体の奥底まで快楽が流れ込んでくる。もうすっかり彼に開発されたこの身体は、この快感に抗うことなんてできないでいた。

「ああっ……そこっ、だめ……っ」

熱に浮かされたようにささやかな抵抗を口走るのに、ルベルドはにっこりと微笑むのだ。

「わかった、ここだな」

「あんっ、ちがっ、だめなのに……」

そして私たちは、何度もキスを交わして。舌を絡めて。唾液《だえき》を交換し合って。互いの肌に触れ合って。愛の言葉を伝え合う。

「アデライザ、俺出そう……出すよ？」

「あっ、だめ、だめって言ってるのにぃ……っ」

互いに限界を迎えようとした時――扉がノックされる音が聞こえてきたのだった。

コンコンッという音を、私たちは暗黙の了解で無視することにする。今、すごくいいところなのに。邪魔しないでほしい。

だけど、扉を叩く音は響いてきて。

「ルベルド……」

「ああ」

仕方なく、私たちは行為を中断することにした。

ベッドから起き上がると、私は乱れていた服を整える。その間にルベルドは腰にバスタオルを巻いてドアへ向かっていた。

「誰だ」

「ロゼッタです」

「お前か」

つまらなそうに呟くと彼はドアを開け――って、まだ早いって！

心の中で叫ぶも虚《むな》しく、ルベルドはドアを開けてしまった。

廊下にはメイド服を着た女性がいた。黒髪に黒の瞳の美少女、専属メイドのロゼッタさんである。

彼女は、慌てて下着を身につけている私を見ても表情一つ動かさなかった。

「お休み中のところ申し訳ありません、ルベルド様、アデライザ先生」

「ああ、すごく申し訳ないぜ。これで大した用件じゃなかったらどうなるかわかってるだろうな？」

「それなら心配いりません。これは大した用件ですので」

「ほう、すごい自信だな。で？　なんだよ」

「お客様がいらっしゃいました」

「客ー？　そんなもん待たせとけ。あー、中断して損した」

ルベルドは早くも興味を失い、ドアを閉めようとしたのだが……

「お客様は、イリーナ様です」

「え⁉」

思わず声を上げてしまう。だってその名前は、私の妹のものだからだ。

でもどうしてここに……⁉

え。イリーナが、お客様⁉

「ほっとけよ、そんなもん」

「それがひどい癇癪《かんしゃく》を起こしていらっしゃって」

「は？　なにそれ？」

「すぐにお姉さまに会いたい、お姉さまに会わせろ、早く連れていらっしゃい！　と。大変ご立腹のようです。このままでは館が破壊されてしまいます」

「ほっとけよ。この館がそれくらいで壊されてたまるか」

「いえ。すぐ行きましょう」

私は下着をつけながら早口に言った。

「アデライザ、でもな。俺は……」

「話はあとです。今はイリーナと会うのが優先です」

私には容易に想像できてしまう。癇癪《かんしゃく》をおこした妹がどんな顔をしているのか。

イリーナはあれで結構な魔力を持っている。怒りに任せて魔法で出した火の玉を手当たり次第に投げつけている様が想像できるのだ。

私に止められるだろうか……。いや止めなくちゃいけないんだ。私が。

イリーナは今、お腹の中に赤ちゃんがいる。危険なことをさせるわけにはいかない。

「アデライザ様、ありがとうございます」

礼をして、ロゼッタさんが部屋に入ってくる。

「お着替えのお手伝いをいたします」

「ありがとう、ロゼッタさん。でもこんなところ見られるなんて恥ずかしいわね……」

緊急事態だし、そうも言ってられないけどね。

なんて思ってる私に、ロゼッタさんは無表情に返す。

「今さらです」

「え？」

意味がわからない私に、ルベルドが声をかける。

「いや、逆に聞くけどさ。俺たちが汚したベッド、誰が洗濯してると思ってんの？」

「え……」

それってつまり……、私たちの関係って使用人たちにはもうバレバレってこと……？

「今さらです」

ロゼッタさんがうなずく。

……うん。まぁそうだよね。考えてみれば当たり前だ。いくらなんでも気づくのが遅すぎた。

というか、むしろ気づかないほうがおかしい。

この館の家事は使用人のみなさんの仕事なわけだし。そりゃ、バレバレだよね。

ははは、と乾いた笑いが漏《も》れた。顔が熱い。きっと真っ赤になっているに違いない。

「お急ぎください、先生」

「う、うん……！」

と、とにかく。

私は急いで身支度を整えて部屋を出た。

私たちが走る方向から、声が聞こえる。

「イリーナ様、落ち着いてください！」

「うるさいわね！　早くお姉さまを出しなさい！」

ドーン、ドーン……という重低音まで響いている。

おそらく魔法の音だろう。イリーナが魔法で得意の火の玉を乱射しているのだ。

そしてそれを抑えようとしている声はクライヴさんのもので……

「どうしてクライヴさんが!?」

「クライヴ様は最近水の魔法の修練をしています。今回のことは火を抑える水属性のいい訓練になるでしょう」

走りながら冷静に答えるロゼッタさん。

そういえば、そんなことを言ってたわね。……頼まれてた本の要約はちゃんと渡したけど、あれも役に立ったのかしら……？

「うっひぇ、まさかホントに館を壊す気なのかよ、イリーナは。いや、壊すっていうか、燃やす？」

殿下が呆れ顔でぼやく。

「すみません殿下、すぐにやめさせますから！」

クライヴさん、どうか持ちこたえてね！

私たちは現場の応接室に到着した。

そこでは、イリーナが両手をかざし、呪文を唱えていた。

その周りでは、クライヴさんと執事たちが、必死に炎を止めようと躍起《やっき》になっている。

執事たちの先頭に立ち、盾《たて》を構えてイリーナが放つ火の玉を弾き続けるクライヴさん。しかし弾かれた火の玉は、そこでシュッと消えていく。

「え、イリーナ……？」

「どうする、アデライザ」

ルベルド殿下が私の顔を見て問うてくる。

私はイリーナの様子を見て、少し冷静になった。

鬼のような形相の妹イリーナが、火の玉を放ちまくっている。だから辺り一面火の海になっているだろう……と思っていたのだ。しかし、どうも様子がおかしい。

いくらクライヴさんが水の魔法で火の玉を打ち消しているのだとしても、弾かれた途端に消えるほど生やさしい魔力ではないのだ、本来のイリーナは。

もしかして、これ……手加減してる？

性格はどうあれ魔術の天才であるイリーナは、魔術の制御に長《た》けている。暴走しているように見えても実はちゃんと考えて術を行使していたりするのだ。それは大体誰かに自分の意見をのませる時に使う手口なんだけど。

……今回だって、きっとそうだ。

よく見れば、怒りに燃えるイリーナの瞳にはどこか冷静な光があって……

「これ、そんなに心配はいらないかもしれません……」

「お姉さま！」

私を見つけたイリーナは、ホッとしたように形相を崩した。

その瞬間、彼女を取り巻いていた炎がスッと消える。

燃え盛っていたはずのソファーもカーテンも焦げもなにもなくそこにある。

逆巻いていた熱さえも消えてしまった。

……やっぱり、手加減してたんだ。

そして、ものすごい笑顔で私に飛びついてきて――

「お会いしたかったですわ！」

「ちょっ、イリーナ……！」

ぎゅっと私を抱きしめる。銀髪に青い瞳のイリーナは、嬉しそうに頬《ほお》ずりしてきた。

「ご無事でなによりです、お姉さま。今取り込み中だから会わせられない、今日も明日も明後日もお会いすることはできない、どうかお帰りください、なんて言われていましたのよ、わたくし」

「あのねぇ……」

私はわなわなと肩をふるわせ、イリーナを正面から見据えた。

「これだけのことをしでかしておいて、言うことはそれなの？」

「だってわたくし、お姉さまのことが心配で……」

「心配してる人はこんなことしません！　っていうか、心配ってなによ？」

妊娠してるんだから心配される側でしょ、あなたが！

「ん、おほんっ」

イリーナは私からパッと離れると、照れ隠しのように咳払いをした。

「別に心配なんてしてませんことよ、もちろん。ただわたくし、研究所から命令を受けてきましたもので」

顔を真っ赤に染めて、そんなことを言うイリーナ。

「……研究所から、命令？」

「お姉さまを連れ戻せという命令ですわ」

「はぁ？」

研究所って、ソーニッジの王立魔術研究所のことよね？　そこがイリーナに私を連れ戻すように命令したって？　なんで今さら……。そもそもなんでイリーナが研究所の命令を聞くのよ。

「人騒がせにもほどがあるな」

静かに低い声で、ルベルド殿下がため息を漏《も》らした。

「あら、あなたがルベルド殿下ですこと？」

「こ、こらイリーナ。王子様に向かってなんて口の利き方を……」

「かまわねえよ。ああ、俺がルベルドだ。で？　あんたは？　まだ自己紹介もされてないんだけど」

「これは失礼いたしましたわ」

イリーナは堂々とした所作でスカートの端をつまむと、うやうやしく淑女の礼《カーテシー》をした。銀髪で青い目のイリーナに、その優雅な仕草はとてもよく似合う。

「わたくし、アデライザの実妹のイリーナ・オレリーと申しますの。お見知りおきを、ルベルド第三王子殿下」

「イリーナね。大した名じゃないか、魔王封印の人柱になった元凶の女だ」

「あら、面白いことをおっしゃいますのね。そんなに攻撃的にこの名を受け止められたのは生まれて初めての経験ですことよ」

そう言ってのけるイリーナは満面の笑みだ。

ただそれは、反転した三日月のような目の……、まるでお面のような……、非常に殴りたくなる笑顔だったけど。

それにしても殿下ったら。聖女イリーナは殿下の命を助けてくれた方じゃないの、それをこんなふうにくさすように言うだなんて……

まったく。イリーナも殿下も、なにを考えているのかしら。


場所を食堂に移し、私たちはお茶をいただいていた。言わずもがな、私はコーヒーだけど。

私は怒っていた。ものすごく、怒っていた。

「お姉さま、わたくしの話を聞いてくださる？」

イリーナが潤《うる》んだ瞳で私を見つめるけれど、私はイリーナを睨《にら》みつけたまま首を横に振った。

「あのねイリーナ。言いたいことはいろいろあるけど。あなたね、妊娠してるのよ？　それなのにあんなに暴れて！　お腹の子になにかあったらどうするの！」

「あ、そういえば」

「そういえばじゃないでしょ！　もう少し考えて行動しなさい！」

ほんとにもう、この子は！　もう一人の身体じゃないっていうのに！

「お姉さま、それについてもお話がございまして……」

「それから、ここ、王子様のお屋敷なの」

と私はコーヒーをダン！　とテーブルに叩きつける。

「そこで暴れるって、どういうことかわかってる？　国際問題に発展するのよ!?」

「そうそう、一応俺って王子様だからな。なにがしたいにせよ、あんたは確実に下手を打ったんだよ、イリーナ」

「それは……えぇと……」

ひくっ、とイリーナの頬《ほお》が引きつる。

――あれ？　と思った。今までのイリーナなら開き直って『燃やさなかっただけありがたいと思ってくれてよくってよ！』くらい言うのに。

「……諸々、諸々ですわ、お姉さま。諸々……」

そこまで震える声で小さく言うと、イリーナは一気に頭を下げた。

「申し訳ありませんでした！」

「え？」

目が点になった。

え、私、今なにを見てるの？

あのイリーナが頭を下げて謝ってるですって!?

どういうことよ……。私からダドリー所長を寝取って、一緒になって研究所を追い出した人なのよ……？　ダドリー所長の子を身籠《みご》もっているのよ、この子は？　なのになんなの、これ？　新手の嫌がらせなの？

戸惑う私の隣では、ルベルド殿下がイリーナのつむじを見つめながら紅茶を飲んでいた。

「イリーナにもいろいろと事情がある、ってことだよ」

「殿下……？」

殿下、なにか知ってるの？

そう思った矢先、イリーナがバッと顔を上げた。

「ええとですね、まず、私、妊娠していませんわ」

真っ赤な顔で、イリーナはそう言った。

「はい……？」

え、ちょっと待って、今なんて？

だって妊娠したって、ダドリー所長と手を取り合ってあんな楽しそうに将来を誓い合ってたのに……!?

「そ、それじゃあダドリー所長は？　あなたが妊娠したからってダドリー所長は私を捨ててあなたと結婚することにしたんでしょ？」

「ダドリー所長」

その名を口にした彼女の顔が、みるみる怒気に染まっていった。わなわなと震える口から、とてもイリーナのものとは思えない暴言が飛び出してくる。

「あ、あ、あ、あのクソ男なんて！　わたくしから捨ててさしあげましたわよ！」

「え」

なにがあったの、そんな汚い言葉を使って。人の気も知らないであんなにラブラブしてたのに。

「わたくしが妊娠したって言ったらあの男、しばらくは大人しくしてたのに……、すぐに他に女を作ったんですのよ！」

「えぇ……？」

「だから！　こっちから婚約破棄してやりましたの！」

なるほど、妻が妊娠した途端浮気する夫っているものね。あれ？　じゃあやっぱりイリーナは妊娠しているということ……？

「ならイリーナ、その子供はどうするの？」

「だから、そんなもの最初からいないって言ってるでしょ⁉　……おほんっ」

イリーナは軽く咳払いすると、紅茶を一口飲んだ。

「……その、なんて言いますか。人体というのは不思議なものでして、妊娠したって思ったらしてなかったってこともあるんですの」

「は？」

私はぽかんと口を開いた。

「だからね、お姉さま。わたくし、腹が大きくなった気がしたんですのよ。でもそれってただ太っただけだったみたいで……」

「ちょ、ちょっと待ちなさいイリーナ。ということはよ、ということは……、あなた、ダドリー所長のことも、私のことも、騙《だま》したのね⁉」

「だから、それは……」

顔を真っ赤にして眉根を寄せ、申し訳なさそうにしおしお～っとなるイリーナ。

「ほ、本当に……、すみませんでしたわ。わたくし自身が子供でしたの。お姉さまが羨《うらや》ましくって羨《うら》ましくって……、婚約者を奪ったらお姉さまみたいになれるんじゃないかって思って……」

「はぁ⁉」

「途中まではうまくいったんですけど……」

ふぅ、とため息をつくイリーナ。

「……そう、お姉さまを追い出して、憧れの王立魔術研究所にお姉さまの後釜として入ることができたところまでは……」

「あなたが王立魔術研究所に？」

「はい。あのクソ野郎の秘書ということで、特別に」

「なるほど」

ダドリー所長の口利きで強引に採用されたってことね……

「なのにあのクソ野郎、浮気するわ、突然失踪《しっそう》するわ……」

「突然の失踪《しっそう》」

思わずイリーナの言葉を繰り返す私。

なんなのよ、浮気しただけじゃなくて失踪《しっそう》までしたの!?

「だからもう所長じゃなくって元所長なのですわ、今は代わりに副所長だった方が新所長となりました」

「ちょっと、失踪《しっそう》ってなに。浮気女とでも逃げたの？」

「それならまだいいと言いますか」

イリーナはむーっと難しい顔をする。

「……なんとかって投資？　の詐欺《さぎ》？　に遭われて？　全財産を？　巻き上げられたとか？」

「あなたがよくわかってないってことだけはわかったわ」

「それなら俺が補足してやるよ」

はーい、という感じで軽く手を上げたルベルド殿下が話を引き継いだ。

「ダドリーな、投資詐欺《さぎ》に遭ったんだよ。そうだなぁ、題して『魔力封入石詐欺《さぎ》』だ」

「魔力封入石、詐欺《さぎ》？」

「クズ宝石に絶大な魔力を閉じ込める方法を編み出した、これを使えば魔力のない者でも魔法が使えるようになる、すごい発明だ、事業にしたいから出資してくれ……ってやつがダドリーに近づいたんだよ」

なんでもないように殿下は言うけど、私は引っかかりを覚えた。

「ありえませんわ。そもそも魔力というのは流れるエネルギーそのものです、物体に閉じ込めることなんでできません」

「そう、その通りだ。それができるなら俺が一番に実用化してるところだしな」

ニヤリと笑うルベルド殿下。

「でも詐欺師《さぎし》は言葉巧みにダドリーを説得した。俺の推測じゃ、手品みたいな要領で宝石から魔法を発動してみせたんだろうな」

「それで騙《だま》して出資を募ったと？」

「その通り。そしてダドリーは大喜びでクズ宝石を買いあさったってわけ。ああ——魔力封入石に使うのはクズ宝石だって言われて、高額で買い占めたんだよ。それこそアルフォード侯爵家の財産全部使って、足りない分は借金までして」

「借金まで……!?」

「いやー、思い切ったよな」

ルベルド殿下がカラカラと笑う。私は頭痛を感じて額を覆った。ダドリー所長、そこまでバカだったの？　ていうか、一応研究者なんだから魔力の原理原則くらい知っておいてよ……！

「あとはお決まりのパターンさ。詐欺師《さぎし》は大金持ってトンズラ、残ったのは莫大な借金、職場にまで来る借金取り、そんな男からは浮気女も逃げ出し、と。買い集めたクズ宝石を処分して金に換えたらしいが……しょせんクズ宝石だからな、たかが知れてる」

「それで、ダドリー所長は……」

思わずゴクリと唾《つば》をのみ込む。

「困ったダドリーは方々に新たな借金の申し出をしたんだが、そんな奇特なやつは現れなかった。借金を返すあてもなけりゃ、大金を稼ぐために新しい事業をはじめる資金もない。だから……」

「……だから、失踪《しっそう》したのですわ」

げんなりした顔でイリーナが相槌《あいづち》を打った。そのままルベルド殿下に話を向ける。

「それにしてもルベルド殿下ったら、ずいぶんとお詳しいのですわね」

「ああ、噂になってたからな。ソーニッジの王立魔術研究所所長といえばかなりの名誉職だ。それなのにこんな詐欺《さぎ》に引っかかるわ、浮気女に捨てられるわ、挙げ句の果てに失踪《しっそう》するわ……」

くくくっ、とルベルド殿下が肩を揺らして笑う。

「ダドリーの悪評はあっという間に広がったってわけだ。それこそ、隣国であるこのノイルブルクにまでもな」

ルベルド殿下の口ぶりだと、世間はダドリー所長の噂で持ちきり！　て感じだったみたいね。そんなの、私はちっとも知らないんだけど……

「……私は知りませんでしたけど」

「赤月館はそういう情報が来ない僻地《へきち》だからなぁ。あんたも俺を見習って独自の情報網を作ったほうがいいぜ？　まあ、ご要望とあらば、今回みたいに俺からも教えてやるよ」

ルベルド殿下がニッと笑う。

「で、わたくしに捨てられた上に失踪《しっそう》してしまったダドリーですけれど。わたくしはまだ研究所のお仕事をしたかったのですわ」

「……は？」

一瞬、イリーナの言葉についていけなかった。

いや、こういう場合って一蓮托生《いちれんたくしょう》っていうかあなたも辞めるわよね、普通？

力強く拳を握りしめ、イリーナは己の胸に当てた。

「だってようやく憧れの王立魔術研究所に入ったんですのよ！　こんなことで辞めるわけにはいきませんわよ！」

「そうそう。こいつさ、おもしれーの。自分はダドリーの秘書以外の仕事もできる！　自分は有能なんだ！　って新所長に噛みつきやがってさ」

「……見てきたようにおっしゃいますのね、ルベルド殿下」

イリーナは唸るようにルベルド殿下を睨《にら》みつけた。

「もしかして、研究所にスパイでも放っていたのですかしら？」

スパイ――その言葉にドキッとしながら（だってまさに私はスパイだから）黙り込む私の前で、ルベルド殿下が手を広げながらははっと軽く笑う。

「その情報が俺の利益になるんなら、そうかもしれないな」

「……まあいいですわ。とにかく、わたくしは新所長にお願いしたのです。ダドリー元所長とはまったく関係なく、わたくしはこの研究所に必要な人材だ。そのわたくしをこの程度のことで追い出すのは機会の損失になるって」

「はぁ……」

すごい自信ね。その自信、どこから出てくるのよ……

「そこまで言うのなら……と、新所長はおっしゃいましたわ」

イリーナはそこで溜めを作って、私をじっと見つめた。

「……そこまで言うのなら、あなたがアデライザを連れ戻してきなさい。それができるのならこのまま秘書として雇い続けましょう、と」

「え……!?」

思わず目をパチクリさせる私。だって、まさかここで自分の名前が出てくるとは思ってもみなかったからだ。

イリーナは大真面目な顔で、私にビシッと指を突きつけた。

「というわけで、お姉さま。わたくし、お姉さまをソーニッジ王立魔術研究所に連れ戻すという命令を受けてここに参りましたの。早速戻りますわよ！」

「ちょ、ちょっと待って」

と私は心を落ち着けるためにもコーヒーを一口飲んだ。すでにぬるくなっていたが、苦さと酸っぱさ、そして砂糖の甘さが絶妙に調和していて、混乱する私の心に染み渡る。

私を、連れ戻すって？　本気で？

思わずルベルド殿下の顔を見れば、彼はニヤリと笑って肩をすくめた。

「今さらだよな。身勝手に追い出しといて、今度は帰ってこいだとか。本当にあんたの妹もソーニッジ王立魔術研究所も人の都合を考えない」

「……そうよ」

私はカップを置くと、キッとイリーナを睨《にら》みつけた。

「帰ってこいだなんて、いきなりそんなこと言われたって困るの。私、ここでもう仕事をしているから」

「仕事って、なんですの？」

「住み込みの家庭教師よ、……このルベルド殿下の」

「こんなおっきい生徒さんの？」

「生徒にデカいも小さいもないだろ」

「ありますわ。こんな大きな生徒さんに住み込みで家庭教師なんて……、世間の常識から考えたら、おかしいです」

ああ――イリーナが正論言ってる……。私は思わずルベルド殿下をチラリと見てしまった。

「ま、俺もどうかと思うけどさ。でもこれでうまいことやれてるんだから、別にどうでもいいだろ」

「いいえ、よくありませんわ」

キッパリとイリーナは否定するのだ。

「お姉さまのような優秀な研究者をいち家庭教師に縛りつけるのは、機会の損失というものです」

「え？　今なんて……」

思わず聞き返す私。イリーナったら今、さらっと私のこと褒めなかった？

「お姉さまは優秀な研究者でいらっしゃるから、家庭教師の仕事は即刻辞めて研究所に戻ったほうが世間のためになる、と言ったのです」

まっすぐな青い瞳でイリーナが私を射貫《いぬ》く。その熱っぽい視線に、私は思わずたじろいだ。

「あ、ありがとう。でもどうしたのよイリーナ、急にそんなこと言ってくるだなんて……」

「わたくし、前所長の秘書としていろいろな書類に目を通したのです。そこでお姉さまの研究を見ました。素晴らしい研究でしたわ——特に、赤身の肉に脂肪を注入して霜降り肉に偽装する研究は、食品界の信頼を揺るがせるとんでもない研究です。この研究が完成してしまえば、わたくしたちは霜降り肉を安心して食べられなくなるでしょう」

「ダメじゃん」

ルベルド殿下の突っ込みがあるが、イリーナはゆるゆると首を振った。

「研究の成果に良いも悪いもありませんわ、すべては研究結果を使う人の問題ですもの。赤身肉を霜降り肉に偽装する研究は、安いお肉を庶民のみなさまがおいしく食べることができる研究でもあるのです」

「……まあ、そう……ね？」

「それに研究所大賞を受賞したあの研究にも度肝を抜かれましたわ。『炎のエレメントが生み出す微量の冷気を固定して幻素転換装置に取り込む理論』――こんなすごい難しいことをお姉さまがお考えになられるなんて、お姉さまが家庭教師なんかさせておくのはもったいないようなすごい人材であることは絶対間違いないのですわ！」

あ、そっちの研究についてはよくわかってないのね、説明がふわっとしてるわ。でも私の功績自体は評価してくれてるんだ……

それにしても、お肉の研究をこんなに真面目に捉えてくれるなんて……。嬉しいような、恥ずかしいような。思わず私が顔を赤くすると、イリーナはずいっとこちらに身を乗り出してきた。

「お姉さま。ぜひ、ソーニッジ王立魔術研究所にお戻りください。それでわたくし、お姉さまが食品界に革命を起こすのを、お手伝いしたいのですわ！」

「で、でも……」

私にはここでの仕事があるし……

惑う私に、イリーナは手紙を差し出した。

「こちら、新所長からのお手紙ですわ」

「ええっと……」

とりあえず受け取る私に、イリーナは駄目押しとばかりに熱心な瞳で見つめてくる。

「お姉さまがソーニッジ王立魔術研究所に戻った時の待遇ですが、主任として迎え入れるそうです」

「しゅ、主任⁉」

平研究者だった私が、いきなり主任待遇になるっていうの……⁉

「それだけ、お姉さまの研究成果が高く評価されているということですわ」

「なにを今さら。ソーニッジはアデライザを追い出したんだぞ。なぁ、アデライザ」

余裕たっぷりなルベルド殿下がニヤリと笑うが、私は――

「…………………そ、そうですわよね」

と言いつつ、イリーナから渡された手紙に視線を落として……、そして――

「さぁ、お姉さま。一緒に王立魔術研究所に帰りましょう！」

「……」

手紙を持つ手がぶるぶると震えるのを、私は感じた。

殿下が不思議そうに私の名前を呼ぶ。

「……アデライザ？」

私は……っ！

手紙を持つ手を震わせながら、イリーナに視線を向けた。そこには期待に満ちた顔があり、私の答えを今か今かと待ちわびているけど――

「……ごめん、イリーナ。やっぱり帰れないわ」

「お姉さま！」

「この手紙は受け取れない」

と言って封も開けていない手紙をそっとイリーナに突き返す。

「私、今の仕事が気に入ってるの」

愛するルベルド殿下のそばで、家庭教師として彼にマナーを教えながら、『魔力を取り戻す研究』の手伝いをする。それはすごくやりがいのある仕事だと、思っていた。

「……お姉さま」

「イリーナには申し訳ないけど……ごめんね」

それにルベルド殿下の家庭教師っていうだけじゃない、マティアス殿下から頼まれたスパイの仕事だってあるし。それを放り出して、今さら研究所になんか戻れないわよ。そりゃ、私の研究を評価してくれたのはとてもありがたいけどさ……

「そんなことおっしゃらないで……！」

ところが、イリーナは私の返事を聞いても熱心な瞳のまま、手紙を押し返してきた。

「研究所に戻れば、お姉さまのしたい研究がいくらでもできるんですのよ！」

「研究なら別にここでも……」

「ここでは赤身肉の研究は存分にできないでしょう？　あの研究を、もっと進化させるのです！」

私の言葉を遮《さえぎ》ってイリーナが拳を握りしめる。

胸が締めつけられた。赤身肉の研究……、最初はダドリー所長を驚かせようと思ってはじめたけど、研究しているうちにどんどんのめり込んでいったのを覚えている。どれだけの脂肪分を、どんな器具を使って、どの部位に入れたら食感がよく、霜降り肉に近くなるのか。それにただ脂肪分を注入するだけじゃ溶け出しちゃうから、それをどうやって定着させたらいいのか……。そんなことを考えていくのは楽しい体験だった。

「でも……私には……」

「しょうがないな」

ルベルド殿下が、ポン、と私の肩に手を置いた。

「アデライザ、イリーナにはしばらくこの館に滞在してもらうとしよう」

「え？　どうして……」

突然なにを言い出すの、殿下ったら。すると殿下はぱっちんとウインクしてみせた。

「俺たちのラブラブっぷりを見てもらうんだよ」

「『ラブラブ？』」

私とイリーナの声が重なる。

「そっ。俺たち、付き合ってるんだ」

「ちょっ……、殿下っ」

慌てる私をよそに、ルベルド殿下はくくっと喉で笑う。

「いいだろ別に、悪いことじゃないんだから」

「だからってイリーナに言うだなんて……っ」

「……なにか理由がおありなのだろうとは思ってましたわ」

呆れたようにイリーナがうなずいた。

「研究馬鹿なお姉さまが研究所に帰りたがらないなんて、よっぽどの理由がおありなのだと。まさかそれが、ルベルド様とお付き合いしているからだとは思いませんでしたが」

「そっ、そんな、お付き合いだなんて……っ」

「付き合ってるだろ？」

にやにやと笑うルベルド殿下。私はううっと息を詰まらせると、助けを求めるようにイリーナを見た。ところがイリーナは、大真面目な顔でうなずくのだ。

「ルベルド様が滞在を許可していただけるのでしたら、こちらとしてもありがたいですわ。滞在の中で、お姉さまを説得してみせます」

「逆にあんたを諦めさせてやるぜ。俺たちのラブラブっぷりに当てられんなよ」

殿下の軽口を聞きながら、私は耳まで真っ赤になっていた。

こんな、イリーナの前ではっきり言わなくてもいいのに……恥ずかしいったらないわよ。しかも、イリーナが赤月館に滞在するですって⁉

「さて、あんたにはシェラ婆さんをつけるかな。婆さん、仕事がなくて暇だ暇だってぼやいてたから。喜んであんたを世話をしてくれるはずだぜ」

「ありがとうございます、ルベルド殿下。それでは、ルベルド殿下、お姉さま。しばらくお世話になりますわ」

「え、えぇ……よろしく……」

流れるように決まっていくイリーナ滞在の計画を聞きながら、私はぎこちなくうなずいた。こうしてイリーナは、しばらく赤月館に滞在することになったのだった。

＊＊＊＊＊

ルベルドからシェラ婆さんを捜すよう命じられたロゼッタは、階段下のメイドの詰め所に赴《おもむ》いた。

だがそこにシェラの姿はなかった。

（どこに行ったのかしら……）

いつもはここで静かにソラリアス教典を読んでいるというのに。

ルベルドを待たせているのだ、早く見つけなければならない。

なんでも、先ほど館にやってきて大暴れしたイリーナとかいう娘を、しばらくこの館に滞在させることになったのだとか。それでその世話をシェラ婆さんにさせることにしたという。

あのお客様のことを多い出したロゼッタは、内心ムッとした。いきなりのあの暴れっぷりは、さすがにどうかと思う。主たちがお楽しみのところを邪魔してしまった負い目もある。

彼女は本当にあのアデライザの妹なのだろうか？　実は血が繋《つな》がっていないとか……、そこまで考えてロゼッタは首を振った。他家の事情に首を突っ込むのはよそう。

とにかく早くシェラ婆さんを見つけなければ。こういった所用は素早くこなしてしまうに限る。

イリーナにシェラ婆さんをつける――というのは、ルベルドの思惑《おもわく》が透けて見える人選だとロゼッタは思った。つまり、イリーナのことを、ルベルドは特に厚遇するつもりがないのだ。

シェラ婆さんがソラリアス教団のエージェントであることはロゼッタも知っている。当然、ルベルドも知っている。そのシェラをつけるということは、イリーナについてはどうでもいい存在だと認識している……ということを表しているのだ。もし大事に思っているのなら、アデライザの時のように、ルベルドは慎重になって最初からロゼッタをつけるだろう。

その時、ロゼッタは廊下の向こう側から歩いてくる背の高い人影を見つけた。

「ロゼッタ！」

駆け寄ってきたのはクライヴだ。

護衛騎士クライヴ。本来ならルベルドを守るべき立場の騎士。だが、彼が守るのは……

「やぁ、なにか仕事かい？」

「クライヴ様。シェラさんを見かけませんでしたか？」

「シェラ婆さんだったら庭のほうに行ったよ。野鳥に餌《えさ》でもあげてるんじゃないかな」

「ありがとうございます。行ってみます」

「あ、待って」

と言ってついてくるクライヴ。

「庭に行くんならついでに勝負しようよ。明日からしばらく王都に行かなくちゃならなくてね、君と勝負する時間がとれなくなるんだ。だから今のうちに……」

「わざと動かずにいるような護衛とする勝負などありません」

「え？」

「先ほど……、イリーナ様が暴れた時のことです」

イリーナが暴れたのに拘束もせずに防戦一方だったクライヴ。護衛騎士ならまず真っ先にイリーナを排除しなければならないというのに……

「いや、ほら。だって……、イリーナ嬢に殿下への害意はなかっただろ？　あの人、あれだけ火の玉撃ったのに焦げ跡すらつかせなかった凄腕《すごうで》の魔術師だよ？」

「それでもそのまま捨て置くのはいかがなものでしょうか」

「なんだよ、自分だって動かなかったじゃないか」

「ルベルド殿下がイリーナ様の拘束を求めておりませんでしたので」

「じゃあ僕だってそうさ。ルベルド殿下は僕になにも命令しなかった。だから僕はなにもしなかったんだ」

「あなたの雇い主は、ルベルド殿下ではありません。でも形くらいは守るそぶりを見せてもよかったのではないかと私は思います。――それができるのがあなたの立場ですし。今のあなたは、名目上はルベルド様の護衛騎士なのですから」

「…………そうだけどさ」

クライヴは足を止め、廊下にぽつんと立ち尽くした。

彼の雇い主はルベルドではない。彼はあくまでも王宮から派遣されてきた立場である。おそらくルベルドを探る役目も仰《おお》せつかっているのだろう――ルベルドもそれはわかっていて、クライヴのことは決して部屋に入れようとしない。

「ねえ、ロゼッタ。僕は君のことが好きだよ」

「っ」

ロゼッタの心臓が、密かにドクンと跳ねる。以前一回告白され、その時は『模擬試合で自分に勝てたら付き合ってやる』と答えたのだが――やっぱり不意打ちの告白は、心臓に悪い。

「君も僕のことが好きだといいんだけど。僕たちはきっと、愛し合えるから」

ロゼッタは振り返ったが、クライヴの顔を見たままただ黙り込んだ。嬉しいような、困ったような気分で。なんと声をかけていいのかわからない。

するとクライヴは苦笑したように表情を歪《ゆが》めた。

「そんな顔しないでくれよ、ロゼッタ」

「どんな顔をしているというんですか」

「すごく悲しそうな顔」

「私は悲しいとは思っておりません」

「うん、そうだよね。君はいつも冷静沈着だもんね……」

そこで彼は言葉を切った。辛そうに、眉尻が下げられる。

「僕は、でも。僕の上司の命令を守らないといけないんだ。リフキンド家の嫡男だから」

「私はルベルド様をお守りします。ルベルド様に直接雇われた身ですので」

「ああ……悲しいのは僕なのかもしれない。僕は君が好きなのに」

「私も、あなたが嫌いではありませんよ」

「ほんとに!?」

「けれど仕事となれば話は別、ということです。ご理解ください」

「うん、わかったよ。じゃあさ、今度仕事抜きで僕とデートしてくれるかい？」

急に瞳をキラキラとさせたクライヴに、少し呆れながらロゼッタは提案する。

「私に素手で勝てれば、いいですよ」

「やった！　さっそく今から勝負をしようよ。王都に行く前に君に勝っておきたい」

「急ぎの仕事がありますので。失礼します」

「そっか……残念」

ロゼッタは背を向けた。

ルベルドを待たせているのだ。

足早に中庭に向かいながら、ロゼッタは思う。

クライヴ・リフキンド。ルベルドの護衛騎士……として王宮より派遣されてきた、若き騎士。

クライヴの命令系統のことはロゼッタも把握している。第一王子マティアスが直接の上役だ。王都に行くというのも、マティアスに呼び出されでもしたのだろう。

しかし、決定的なことが起こらない限りクライヴと本気で戦うことはないだろうとも思う。

マティアスの方針なのか、彼が直接手を出すことはなく、あくまで監視しているだけなのである。

なにかあるとしても、今回のようにほんの小さな小競り合いをするくらいだ。クライヴは基本的に素直な性格だし、ルベルドを直接害するような命令も受けていないらしいし。

だが、もしクライヴがルベルドを害するのならば、その時にはこちらも任務を遂行《すいこう》する。

それだけだ、とロゼッタは自分に言い聞かせた。

同時に願う。その時が来ることが、どうかありませんように、と。

だが。彼とはいずれ戦うことになるかもしれない——そんなチクチクとした予感がロゼッタにはあった。

そして、ロゼッタは知っていた。自分の勘が、よく当たることを。

＊＊＊＊

書斎の大きな机に向かって真面目に問題を解いているルベルド殿下を横目で見ながら、私は窓から差し込む陽差しの中を舞う埃《ほこり》を眺めていた。

殿下から間隔を開けて座った椅子から見上げると、午後になったばかりの陽差しは窓から鋭角に入り込んでいて、埃《ほこり》はまるで天に昇ろうとしているかのようだった。

——天に昇って、どうするのだろう？　この書斎の居心地は、そんなに悪くないと思うのに。

はぁ……

私はそっとため息をつく。

イリーナがあそこまで私のことを評価してくれるなんて、考えられないことだった。そりゃ、自分が研究所に残りたいという思惑《おもわく》だってあるんだろうけど……

でも赤身肉を霜降り肉に偽装するのって、そんなにすごい研究だったのか。

イリーナの言葉が耳に蘇《よみがえ》る。

『お姉さまが食品界に革命を起こすのを、お手伝いしたいのですわ！』

そんなこと考えてもいなかったから、私が一番驚いてしまった。

革命……かぁ。革命には興味ないけど、みんなをあっと言わせたり、ビックリさせたり、感動させたりはしたいわよね。……赤身肉を霜降り肉に偽装する研究にそんなポテンシャルがあるだなんて、私が一番信じられないけど。

しかも主任待遇になるなんて。できる研究、増えちゃうじゃない？　できることが増えたら、もっともっと好きな研究ができるわ。

でもルベルド殿下のことも気になるし……

そうそう、ルベルド殿下とイリーナのこともあったわね。

赤月館にイリーナが来てから三日が経つけど、ルベルド殿下は宣言通り、私とのイチャイチャをイリーナに見せつけていた。

イリーナの前ではなにかにつけて私の肩を抱いてくるルベルド殿下。そして、そんな私たちをひくつく笑顔で見守るイリーナ。

……正直、心臓に悪い。なんだか丸くなったとはいえ、イリーナは癇癪《かんしゃく》持ちである。そのイリーナがブチ切れないのは、ひとえにシェラさんがイリーナの手綱《たづな》を握っているからに他ならない。

今朝だってそうだった。

『お花がたくさん咲いているわ。お姉さまも一緒に見に行きませんこと？』と誘われて庭に出たのだけれど、それからすぐにルベルド殿下がやってきて私の手を取ったのだ。

『悪いな、ちょっと話があるんだ。来てくれよ』

『お姉さまとは先にわたくしがお話ししていましたのに』

と、私を取られそうになったイリーナが唇を尖《とが》らせる。

『殿下ったら、お行儀がお悪いですわよ』

『おっと、先生は俺の先生だぜ？』

と、ルベルド殿下が私の手に口づける。

『ちょっ、え、あのっ……！』

慌てて手を引っ込める私に、ルベルド殿下は片目を瞑《つむ》ってみせた。

『早く行こう、先生』

そんな時、シェラさんが深い皺《しわ》の刻まれた頬《ほお》で朗らかに笑うのだ。

『まぁまぁ、お坊ちゃんたら。ずいぶん先生がお好きなのねぇ』

『ああ、大好きだよ』

『ちょっ……』

殿下のストレートな告白に頬《ほお》を熱くする私の横で、イリーナが頬《ほお》をぷくっと膨《ふく》らませる。

『……わたくしだってお姉さまのことが大好きですわ』

『お坊ちゃんもイリーナ様も、アデライザ先生が大好きなのに変わりありませんよ。愛に優劣などありませんからね。この世の愛はすべてソラリアスの御陽光のたまものですから』

そう言ってころころと笑い、シェラさんはイリーナを促す。

『さ、イリーナ様。あちらの温室に珍しいお花があるの。遠き東方から取り寄せたお花でね。早速見に行きましょう、ちょうど今が満開なんですよ』

『……わかりましたわ。シェラがそう言うのなら……』

『おぉ、たっぷり花見てこいよ～』

イリーナは渋々《しぶしぶ》ながらうなずくと、私のほうをちらりと見て言った。

『お姉さま、ではまたあとで』

『ええ。それじゃあね……』

イリーナの背中を見送りながら、殿下はぎゅっと私の腰を抱き寄せた――

……ふと、意識を現実に戻す。

ちらりとルベルド殿下の様子を見ると、殿下は書斎の大机で真面目に問題を解いている。しっかりとした顎《あご》のラインや、筋張っているのに瑞々《みずみず》しさを感じるペンを持つ手。引きこもって研究ばかりしている運動不足の研究者のわりにきちんと背筋は伸びているし、体つきは均整がとれたものだし、やっぱりこの人は王子様なんだな、と思う。

こんな素敵な人に好きって言ってもらえて……しかもゆるっとしたプロポーズまでされていて。

私はなにが不満なんだろう？

それにスパイの仕事だって、まだ私はしているのだから。この人から離れるのは、つまるところいろいろな仕事の放棄《ほうき》になる……

「なに？　俺の顔になにかついてる？」

「っ！」

突然話しかけられて、ドキッとする。ルベルド殿下が手を止めて私を見ていた。ペンを指先でくるくる回して弄《もてあそ》びながら、面白そうに私を見ている。

「そんなに見られると穴開いちゃうんだけど」

「……ご、ごめんなさい」

私は慌てて視線を手元に戻す。ルベルド殿下はそんな私ににっこりと笑いかけた。

「ほら、問題できたよ」

「あ、ええ……、拝見いたしますわね」

私はルベルド殿下の差し出した問題集を受け取り、答え合わせをしていく。

「ね、先生」

「なんです？」

丸つけをしながら答える私に、殿下はなんでもないように尋《たず》ねてくる。

「あの手紙、読んだの？」

「…………………」

思わず手が止まった。——あの手紙とは、イリーナが持ってきた新所長からの手紙のことだ。

「……一応、読みました。お返事を書かないといけないですし」

「そう。なんて書いてあったの？」

「まずはダドリー元所長がしたことの謝罪ですわね。ダドリー元所長が勝手に私をクビにしたことについて、十分すぎるほど丁寧な謝罪の言葉が書かれていました。あとはイリーナが言っていたことと同じです。私を雇い直したい、戻ってくるなら主任として迎え入れます、と」

「ふぅん」

ルベルド殿下が呟く。

「で、どうするんだ？」

「……お断り、しようと思っています。イリーナにも言いましたが、私にはここでの仕事がありますもの」

「たとえば、俺のスパイとか？」

にっこり顔でそう言う殿下に、私は心臓がひっくり返るのではないかと思うほど、ドキッとした。

「なっ、なっ、なっ、なにを言って……」

「あはは、俺が気づいてないとでも思ってた？　兄貴を通して俺んところに来たんだぜ、そのくらい予想はつくよ」

バレてた。私がマティアス王子からスパイの依頼をされていることを、ルベルド殿下はとっくに気づいていた……！

恥ずかしさと後悔がごっちゃになって、私の頭を熱くさせる。

ルベルド殿下ははぁっとわざとらしくため息をついた。

「まったく、兄貴ときたら。先生のことは俺が先に目をつけてたのにさ、それを横からかっ攫《さら》いやがって。ほんっと余計なことしやがる」

「す、すみません殿下。ずっと黙ってて……」

「なに言ってんの。自分がスパイだってスパイ対象に言うほど馬鹿じゃないってだけでしょ、先生は」

「……そ、それはそうですけれども……」

しどろもどろになりながら、私はそれでもなんとか言葉を紡いだ。

「で、でも言ってませんから。私、殿下の研究が『魔力を取り戻す研究』であることとか、それが成功したことだとかは報告してませんから……」

というか、まさか副作用であんなことになったとか言えないしね……

「それは、ありがたいね」

殿下は肩をすくめる。

「けどそれがすべてってわけじゃないんだ、俺の研究は。最初からスパイだとわかってるあんたを、俺の秘密の研究に付き合わせるわけないだろ」

「そ、そうだったんですね」

ホッとしたような、残念なような不思議な感覚が胸の奥に湧き上がる。殿下の秘密の研究をお手伝いさせてもらえてたわけじゃなかったのね……

「じゃあ、殿下の秘密の研究ってなんなのですか？」

「……言えると思う？」

殿下はじっと私の目を見つめてきた。私はきゅうううううっと肩身が狭くなる。

「す、すみません。私、スパイだから……」

「そうじゃないよ、俺のしてるのはほんとにヤバい研究だから。先生にだって誰にだって言えないって話」

「そんなふうに言うほど危険な研究なんて、この世の中にあるのですか？」

思わず好奇心がうずいて質問してしまったが、殿下は軽く肩をすくめて苦笑するだけだった。

「ある。——としか言えないなぁ」

「その研究は、『魔力を取り戻す研究』と関係があるのですか？」

「お、なんか調子出てきたじゃないか」

ニヤリと笑うルベルド殿下。

「大ありだよ。たとえば俺がとんでもない装置を作ったとして、それを動かすのに魔力が必要だとしたら、魔力なしの俺じゃ扱えないだろ。誰か魔力がある人間を雇わなくちゃいけなくなる。だけど俺がしているのはほんとにヤバい研究だから、他人を巻き込めない」

「なるほど」

ルベルド殿下は『ほんとにヤバい研究』のために魔力が必要なのか。

「……でもさ、今確信したんだけど」

やっぱり笑いながら、ルベルド殿下は私の顔を見る。

「先生って、やっぱり研究が好きなんだな」

「え？」

「研究の話題になった途端、顔色がよくなったから」

「……！」

私はとっさに自分の頬《ほお》を手で覆い隠した。ルベルド殿下にわかるくらい顔色が悪かったってことよね？　恥ずかしい……

「そ……、そんなこと……ないですわ……」

「嘘はいけないなぁ、先生。研究の話になったら途端に目がキラキラしだすんだから」

くくっ、と喉で笑うルベルド殿下。

「俺は好きだよ、そんなアデライザが。俺のそばで俺の研究を手伝ってくれるアデライザも好きだし、自分の好きな研究して目を輝かせてるアデライザも好きだ」

「…………………」

思わず黙ってしまう私。研究が好きな私を認めてくれている――ってことは。私が研究所に戻ってもいい、って言ってるの……？

「王都にケーキを出す店があるんだ。俺の馴染みの店でさ」

突然、殿下はそんなことを言った。

「異世界から来た女性が、自分の故郷にはこんなケーキがあるって城のパティシエに教えたのがきっかけでできた店なんだ。俺は甘いモノは好きじゃないけど、あのケーキだけは別でね」

「そうなんですか」

私は相槌《あいづち》を打つ。彼の言いたいことが、よくわからない。

「うん。だからさ……」

とルベルド殿下は私に笑いかける。

「ケーキでも食べに、王都に出かけてみたらどうかな。赤月館にこもって考えてたらぐるぐるぐるぐるしちゃってよくないだろ。……って、引きこもって研究してる俺の言うことじゃないけど」

「殿下……」

つまり、ちょっと新鮮な空気吸って頭をスッキリさせてこいってことよね。

まあ……、確かに気分を変えるのはいいアイデアだと思う。なにか普段と違うことをするというのは、凝り固まった思考にアレンジを加える、いいきっかけになるから。

殿下は笑う。

「どうせならイリーナと一緒に行ってきたらいいよ。俺は留守番しとくから」

「いいのですか？」

あれだけイリーナのことライバル視してたのに……

「ああ、いいよ。結局はアデライザが決めることだからな。俺はあんたのことが好きだけど、あんたを縛りつけるのも嫌なんだ。あんたが優秀な研究者でもあるってこと、俺もよく知ってるから」

「ありがとうございます、殿下……」

「お礼なんていらないよ。……ただ、一つお願いがある」

ルベルド殿下はにっこり笑うのだ。

「お土産、よろしくな」

「ふふっ、ケーキですね」

「ああ。ミルクレープっていうケーキ。ワンホールよろしく」

ミルクレープ？　聞いたことがないわね。殿下の言う、異世界から来たっていうケーキかしら。

「わかりました。必ず入手してきますわ」


翌日の朝、私たちは馬車に乗り込んで王都へ向かった。私たちというのは、私とイリーナだ。私はこの日をお休みにしてもらい、イリーナは特になにもすることがなく暇だったので。

空は嘘みたいに青く、爽《さわ》やかに晴れ渡っていた。緑の木々が柔らかな風に揺れている。

王都まで馬車で三時間ほどかかるのだが、その間、私たちはお喋りに花を咲かせていた。といっても、イリーナが一方的に仕事の愚痴《ぐち》をこぼしていたのだが。

王立魔術研究所のこと――ダドリー元所長の愚痴《ぐち》や、新所長や職員たちのこと……

「ほんっとダドリーのやつったら人使いが荒かったですわ！　やれお茶を汲《く》めだの、書類を整理しろだの、私のことは腰掛けで採用してくれたというのに」

「自分で腰掛けって言わないの。でもいいじゃない、ダドリー元所長はいなくなったんでしょ？」

「ところがどっこいですわよ。新所長のほうがもっと人使いが荒かったのですわ！　ダドリー元所長に命じられていた仕事はそのままに、今度は各研究者のスケジュールまで把握しろとか言い出しやがったのです。挙げ句の果てにお姉さまを連れ戻さないとクビにする、ですって！」

抑揚《よくよう》をつけて、いかにも憎らしげに言うイリーナの目は、それでも生き生きと輝いていた。

……愚痴《ぐち》をたんまり吐き出してはいるが、仕事をはじめて人生に張りが出てきたってところなんだろう。

「そんなに嫌なら、いい機会だし研究所辞めちゃえば？」

野暮《やぼ》だとわかっていながら、それでも私は聞いてしまう。この子に仕事は務まるのかな？　って、そんな心配もあった。

「そういうわけにはいきませんわ！」

慌ててイリーナは両手をあわわわ、という感じに振るのだ。

「ようやく憧れだった研究所に入れたのですわよ？　こんなことで辞めてなるものですか」

「それが意外なのよね、イリーナが研究所に憧れてただなんて。あなたのことだから可愛いお嫁さんになりたいんですの〜、とか言い出すと思ってたのに」

確かに私から婚約者を寝取ったイリーナだけど、そのまま家庭に収まろうとはしなかったのだ。私を追い出したあとの研究所に、イリーナは入り込んだのである。――ダドリー元所長の口利きだけどさ。

「本当は……、お嫁さんになるより、バリバリ働きたかったんです。家にこもってチクチク刺繍《ししゅう》するより、王都で自分の力でお金を稼ぐって……、すごく、いいなって思って」

「でも実際やってみたら大変でしょ？　田舎の領地でチクチク刺繍《ししゅう》してたほうが楽よ、楽」

「そんなことありませんわ！」

ずいっ、と身を乗り出してイリーナは言う。

「どんなに手を抜いた刺繍《ししゅう》をしたって、お母さまは褒めるばっかりなんですもの。やりがいもなにもなかったですわ。ところが研究所はどうでしょう、わたくしがしたことをちゃんと評価してくださるのですわよ！」

「そうかしらねぇ、なにやっても褒められるほうがいいと思うけど」

「そんなの、嫌ですわ」

ぷい、とそっぽを向くが、すぐに私に視線を合わせた。

「だからお姉さま、わたくしのために、絶対に研究所に戻ってくださいね！」

「それは……どうしようかなぁ……」

はぐらかしながら、私は馬車の窓に目をやる。流れていく景色は、赤月館を囲む鬱蒼《うっそう》とした森を抜け、開けた道に出たところだった。


やがて見えてきた王都の風景は、今日も賑《にぎ》やかで華やかだった。

白亜のノイルブルク城を中心に広がる城下町。そこには様々な店が軒《のき》を連ね、人々が行き交っている。

「わあ……っ」

イリーナが歓声を上げた。馬車の窓から見える光景に心奪われているのだ。

そういえば、イリーナはここに来るのは初めてだったわね。私は一回来たことあるけど。……家庭教師の面接を受けに。

ずっと赤月館にこもりっきりだったなぁ……。私は街を歩く人々を見ながらぼんやりと考える。赤月館は悪いところじゃないけれど、たまには外に出ることも必要だったかもしれない。今度、ルベルド殿下を連れ出してみようかな、なんて思う。それこそ、デートだ。

そこかしこからおいしそうな香りが漂《ただよ》ってくる。砂糖やバターの匂いだろうか？　そんな街並みの中を馬車は走っていき――、私たちは商業区の静かな道ばたで馬車を降りた。

馬車はここで待っていてくれるという。

私とイリーナは、これからしばらく自由の身というわけ。

「それでは行きましょう、お姉さま！　ここに来るまでに素敵なドレスのお店を見つけましたの！」

「え、いつ目をつけたのよ。あれだけ愚痴《ぐち》ばっかり言ってたのに、目ざといわねぇ……」

「愚痴《ぐち》も目ざとさも淑女の嗜《たしな》みですもの」

そう言ってイリーナは私の手を取る。私たちは手を繋《つな》ぎながら、件のドレスのお店まで歩いていった。

やってきたのは可愛らしいお店だった。最近できたばかりなのだろう、真新しさが感じられる。内装も白を基調にして清潔感がある。店員さんの制服も可愛くてオシャレだ。

「いらっしゃいませ。お美しいお嬢様方、ご来店ありがとうございます」

品よく声をかけてきたのは女性の店員だった。

「ショーウインドウに出ているドレスを見せてくださいませんこと？」

イリーナが当然のように要求すると、店員さんは「かしこまりました」とショーウインドウに駆け寄っていき、ドレスを何着か持ってきてくれた。

「こちらはいかがでしょう」

店員さんがイリーナに広げて見せたのは、真紅色のドレスだった。胸元と袖口の部分にあしらわれたフリルが可愛らしい。

「まあ、素敵……っ！　どうかしら、お姉さま！」

とイリーナが歓声を上げたので、私はうんうんとうなずく。銀色の髪に真紅のドレスはよく似合うだろう。我が妹ながら、本当に外面だけは完璧なのよね、この子は……

試着させてもらうと、やっぱりとてもよく似合っていた。

「うん、とっても似合うわよ、イリーナ」

私が褒めると、イリーナはまんざらでもなさそうに笑う。

「じゃあこっちはどうかしら」

と次に見せてきたのは黄色のドレスだ。胸のすぐ下のところについた白のフリルがアクセントになっていた。スカート部分のふんわり感とフリルの可愛らしさに思わず目を引かれる。

「それもいいと思うわ」

私が褒めれば、イリーナは大喜びで試着する。胸元のフリルがひらひらするのが楽しいようで、イリーナは鏡の前でくるくると回ったりポーズを取ってみたりしてドレスを着る自分の姿を楽しんでいた。

「あの、お嬢様はなにかご希望のドレスはございますか？」

店員さんが私に聞いてくれるが、私は首を振る。

「私はいいです、妹のドレス姿を見るだけで楽しいですから」

「左様でございますか、仲がおよろしいのですね」

……仲が、いい？　つい最近まで、姉の婚約者を寝取るわ職場を追い出すわでやりたい放題だった妹だというのに。

でも、まぁ……、それも過去のこと、か。

今度は青いドレスを試着して上機嫌なイリーナを見ながら私は思う。

結局、ダドリー元所長は婚約者がいても浮気するクズ男だった。イリーナだって傷ついただろう。しかもダドリーはその後、投資詐欺《さぎ》に引っかかって破滅した。

ダドリーとの縁をイリーナが切ってくれて、よかったのだ。イリーナに感謝だ。婚約を解消されるわ職場を追い出されるわで、あの時私はずいぶん傷ついたけど……、今となってはそれも懐かしい。だって、そのおかげで私はルベルド殿下と出会えたわけだしね。

試着を終えて私たちが買ったもの――それはドレスではなく、扇《おうぎ》だった。薄いミントグリーンで、装飾の少ないシンプルなもの。お値段も、お店の品揃えの中では一番抑え気味だった。それでもいいお店の品なので、それなりのお値段はする。それをなんと、イリーナは自分のお財布から出したお金で買ったのだ。

「うふふ、いいお店でしたわね、お姉さま」

店を出たイリーナは、扇《おうぎ》を手ににこにこしている。

「ええ、そうね。でも本当によかったの？　お金くらい私が出すのに」

「いいんです！　わたくしだってちゃんと働いていますもの！」

そう言って、大通りに面した店のガラス窓に自分を映しながら、イリーナは口の前でミントグリーンの扇《おうぎ》を大きく広げた。王都の爽《さわ》やかな風がイリーナの銀の髪とクリーム色のドレスを優しく揺らす。

「ほら、やっぱりこのドレスによく似合います。いい買い物をしましたわ……」

うっとりと自分の姿を見て呟く妹を見て、私は微笑んだ。この子が自分で働いたお金で扇《おうぎ》を買うだなんて、ちょっと前までは考えられなかったのに。……もしかしたらイリーナは、研究所で働くことで成長したのかもしれない。

それから私たちはゆっくりと道を歩く。天気もいいし、なんだか街全体が活気づいているみたいだった。

今日はまだまだいいことが起こる。そんな予感に、私は浮かれていた。

私たちは、街の大通りにあるケーキ屋さんにやってきた。ルベルド殿下が紹介してくれたお店だ。おしゃれで可愛らしい外観は王都の雰囲気にとてもよく似合っている。店内に喫茶スペースがあり、売り物のケーキを店で食べられるようになっていた。

早速店内に入ると、店の壁には観葉植物や絵画などが飾られていて、華やかな内装だった。客はほぼ満員、若い女性が多く、男性の姿はほとんど見えない。

ルベルド殿下が言っていたミルクレープというケーキを頼むと、出てきたのは薄い生地と生クリームを何層にも重ねたケーキだった。断面が非常に精密で、まるでレースを何枚も重ねたようだ。

「「うわぁ……」」

思わず感嘆の声を上げる私とイリーナ。

「素晴らしいですわ」

イリーナはうっとりした調子でケーキに見入っている。私はといえば、早速一口食べてみた。クリームと生地が口の中で溶けるようにまざり合って、非常に甘い。なるほど、ルベルド殿下はこれが好きなのか、と心に刻む。

ルベルド殿下の話だと異世界から来た女性が教えてくれたってことだったけど、いいものを教えてくれたものだ。これなら自分でも作れるかもしれない。今度作ってみようかな、なんて思った。

「幸せですわ……っ」

一口頬張《ほおば》って目を細めるイリーナを見て、私も幸せな気持ちになっていたら。

「……お姉さま」

イリーナはぽつりと喋り出した。

「なに、イリーナ？」

「あの……、本当に、今まで申し訳ありませんでした」

ケーキを食べる手を止めてイリーナがいきなり頭を下げたものだから、私は面食らってしまう。

「どうしたのよ、急に」

「お姉さまは、いつもわたくしに優しくしてくださいましたのに……。わたくしったら、いっつもお姉さまに突っかかって」

「……いいわよ、もう。ダドリー元所長と縁が切れたのはイリーナのおかげなんだから」

「それだけじゃありませんわ。オレリー家でのこと、とか。お姉さまのことを失敗令嬢と馬鹿にして、家から追い出して……」

「ああ、それね。別にあなたに追い出されたわけじゃないわよ。自分から出ていったの。あのまま家にいても、魔力がない私じゃ肩身が狭くて仕方なかったし」

「でも……っ！　やっぱりわたくしに原因があると思いますわ。わたくしはいつもお姉さまに甘えてばかりで……。羨《うらや》ましくて、つい……」

「羨《うらや》ましい？　私のどこが羨《うらや》ましいのよ。私、魔力ゼロなのよ？」

パクリ、とイリーナはミルクレープを一口食べると、私の言葉に答えた。

「だって、お姉さまは家庭教師の先生にいっつも褒められてましたもの。魔力はないけど学力はピカイチだって」

「……まあ、そんなこともあったわね」

確かに小さい頃はそうだった。勉学を頑張って、それで魔力がないことを補おうと思っていたのだ。結局、その努力は両親には届かなかったけど……

「わたくし、どんなにお勉強を頑張ってもお姉さまの足下にも及びませんでしたもの。だから、つい嫉妬《しっと》してお姉さまを馬鹿にしていましたの」

「そんな昔のこと、もういいわよ。それにあなただって大変だったでしょ？　私の代わりにお母様たちの期待を一身に背負わなくちゃいけなかったんだから」

「お姉さま……っ」

イリーナの泣き出しそうな様子に、私は微笑んで返す。

「泣かないの、イリーナ。今じゃこうして二人でケーキ食べて楽しく過ごせてるんだから、それでいいじゃない」

「そうですわね……っ、ありがとうございます、お姉さま……っ！」

そう言ってイリーナはミルクレープをぱくぱくと食べるのだった。

「ああおいしいっ！　あとはっ、お姉さまが研究所に戻ってくだされればすべてが丸く収まりますわね！　それでお姉さまと一緒に食品界に革命を起こして！　オレリー姉妹の名を未来永劫歴史に刻んでやるのですわ！」

「こらこら、調子に乗るんじゃありません」

私もミルクレープを口に運ぶ。確かにおいしいケーキだ。舌の上で溶けていく生地と一緒に私の胸の中にも充足感が満ちていく。

ルベルド殿下にも食べさせてあげたい。そうだ、買ってくるように頼まれてるんだった。ちゃんとワンホール買っていかないとな……きっと喜んでくれるんだろうなぁ。

そんなことを考えながら私は窓の外に目を向ける。

道を行き交う人たちは洗練されていて、さすが王都、という感じがした。賑《にぎ》やかな街並みは私の心を明るく照らしてくれる。

ああ――本当に、来てよかった。赤月館に帰ったら、勧めてくれたルベルド殿下にちゃんとお礼を言わないとね。


「あら？」

外に面したケーキの受け渡しカウンターでケーキを待っていると、イリーナがふと声を上げた。

「扇《おうぎ》がありませんわ」

確かに、イリーナの手にあのミントグリーンの扇《おうぎ》がない。

「席に忘れてきたんじゃない？」

「ちょっと取りに行ってきますわ」

とイリーナは店の中に戻っていった。

ふふっ、せっかく自分のお給料で買った扇《おうぎ》だものね、見つかるといいわね……

私はイリーナの背を見送ると、視線をお店のショーウインドウに移した。豪華なホールケーキもあれば、カットされたショートケーキもある。生地を重ねたミルクレープ、フルーツが乗ったタルト、それにチョコレートのケーキなんかもある。今度来たらフルーツタルトを食べてみようかな、なんて予定をぼんやり立てる。今度……、ルベルド殿下を赤月館から連れ出すことができたら……

「アデライザ」

聞いたことのある男性の声が、私を呼んだ。

振り返ると、そこには——

「……ダドリー所長？」

ダドリー所長だった。いや、もう元所長か。頬《ほお》はこけ、目は落ちくぼみ、髪だってぐしゃぐしゃで、明らかに様子がおかしいけど。でも、ダドリー元所長だった。

「こんなところにいたのか、アデライザ。捜したよ……」

ぶつぶつと呟いているダドリー元所長。

「なあ、アレは本当だったんだよ。俺は見たんだ、宝石から魔力を取り出すのを。クズ宝石が本物の宝石以上の価値になる、そんな歴史的な発明だったんだ、アレは」

「あの、なにをおっしゃっているのですか？」

「アデライザ……一緒に研究しよう、アレの未来はお前にかかってるんだ……」

ぶつぶつ言いながら。急に、ダドリー元所長は私に抱きついてきた。

「お姉さまっ！」

そんな私たちの間に、銀色の髪が割り込んでくる。

目の端が、銀髪とは別の銀色を捉える。それは、ダドリー元所長が持つナイフ——

ドスッ、という音がした。

「うっ……」

「え？」

イリーナのうめき声と、私の驚きの声は同時だった。

銀色の髪が揺れて、イリーナは私に寄りかかるように倒れる。ぽとり、とイリーナの手からミントグリーンの扇《おうぎ》が落ちた。――ああ、よかった。見つかったのね。

「チッ……、イリーナめ……まあいい、お前も同罪だ……」

ダドリー元所長が、血まみれのナイフを持ったまま舌打ちする。

その時になって。

「きゃあああああああっっ!!」

私は叫び声を上げていた。

「イリーナ！　イリーナ！」

私はイリーナの肩をぐっと掴んで、とにかくダドリー元所長から離した。そのまま彼から逃げようとするが、足がすくんで動けない。

だが、顔を背ける目の端で、ダドリー元所長が誰かに取り押さえられるのがぼんやり見えた。

「アデライザ先生っ！」

これは、夢だ。だって、イリーナがダドリー元所長に刺されるなんて。……私を、庇《かば》って？

しかもダドリー元所長を取り押さえたのは……クライヴさんだなんて……。夢じゃなければできすぎてるじゃない、こんなの……

「先生、しっかりしてください、先生っ！」

ダドリー元所長を取り押さえながら私を見上げるクライヴさん。私はイリーナを抱きしめたままだ。イリーナの身体からどくどくと温かい血が流れ出て、私のドレスを濡らしていく……。私はその事実にハッとした。

「イリーナ、イリーナっ!! やめて、血を流しちゃダメよイリーナっ!!」

「待って、動かさないで！ 横たえて、止血してください！」

クライヴさんが慌てる声がして、少し冷静になった私はゆっくりと体勢を整えて、横にしたイリーナに膝枕をする。

イリーナは苦しそうに眉根を寄せていた。息はある……！

「し、止血ってどうすればいいの？」

こんなことなら食品偽装の研究と一緒に人命救助の研究もしとくんだった……！

「僕が止血します！ 誰か！ 手の空いているものはいないかっ!? こいつを取り押さえておいてくれ！」

クライヴさんがそう叫ぶと、周りの人たちが集まってくる気配がした。

「お、お姉さま……」

「イリーナ？」

どんどん顔が真っ青になっていくイリーナ。

「よか……、無事で……」

それだけ言って、イリーナは青い瞳を辛そうに瞑《つむ》る。

やっぱりこれは夢だ。夢じゃないとしたら、こんなことあっていいわけがない。

どうして、こんな。なんでこんなことになってるの⁉

応急処置として、クライヴさんが治癒《ちゆ》魔法をかけてくれた。といっても初歩の軽いものしか使えないと言ってたけど。でも、それでも今の状況だと十分ありがたかった。ああ、なんで私は治癒《ちゆ》魔法を使えないんだろう！　こんなにも自分の魔力がないことを呪ったことはなかった。

治癒《ちゆ》魔法をかけながら急いで運んでいったのは町の治癒院《ちゆいん》だ。クライヴさんの馴染みなんだという。治癒院《ちゆいん》の先生の治癒《ちゆ》魔法は完璧だった。

この時、私は魔法という存在そのものに本当に感謝した。そして魔力がある人を心底羨《うらや》ましいと思った。こんな奇跡を行えるのだ、私にも魔力があれば、こんな奇跡を行えるというのに……！

イリーナは背中を刺されていたのだけど、その傷はすぐに綺麗に塞《ふさ》がった。ドレスに血がついているのが、なんだかお芝居の小道具に見えてくるくらいに。

「意識が戻るまで安心はできませんが、峠《とうげ》は越しましたよ」

クライヴさんの馴染みだという治癒師《ちゆし》の先生が優しい声でそう言ってくれて、私はホッとしたのだけど……

馬車で赤月館に戻る間中、イリーナは目を瞑《つむ》ったままだった。

私はイリーナの手を握り締めて祈った。お願いだから、早く目を開けて、イリーナ……

イリーナは私を助けてくれたのだ。いいことをしたんだから、きっと目を覚ましてくれる。治癒《ちゆ》師《し》の先生だって言ってくれたじゃない、峠《とうげ》は越したって。

イリーナ……、早く目を開けて。一緒に食品界に革命を起こすんでしょ？　イリーナ……！

もしこのまま目を覚まさなかったら……。そう思うと、私は吐き気がしてきた。

「すみませんでした、僕がもうちょっと早く気づいていたら……」

吐き気をこらえてイリーナの手を握りしめる私に、クライヴさんが話しかけてくる。

「あなたのせいじゃ、ありません」

私はなんとか答えた。

「むしろ、あの場にいてくれて感謝します。すぐに応急処置してくださったし、治癒《ちゆし》師の先生のところに運んでくださったし」

うぅ、気持ち悪い。吐きそう。

「いえ、そんな」

クライヴさんは恐縮していた。

イリーナの手を握り締めて、吐き気を抑えながら――私たちは馬車に揺られていた。

そして赤月館につき、クライヴさんが玄関前にいた使用人たちに事情を説明している間も私はイリーナの手を握り続けていた。

イリーナ、イリーナ、目を覚ましてイリーナ……！

ああ……、私ってどうしてこうも無力なんだろう。

「アデライザ！」

ルベルド殿下が玄関から馬車に走ってくる。彼は私たちの服装を見て、言葉を失った。――私、イリーナ、クライヴさんの三人は、血まみれだったから。

その時になって、私はケーキを受け取り損ねていたのを思い出した。せっかく頼んだのに……

「……ご、ごめんなさい殿下、ケーキ、忘れて……」

「そんなことはどうでもいい。なにがあった？」

「ルベルド様、実は……」

クライヴさんが手短に説明すると、殿下はさっと顔を青くした。

「俺のミスだ。護衛をつけるべきだった。ダドリーのことはもういいかと思って見張ってもいなくて……」

「………ベッドを、用意してくださいませ、殿下」

さすがにもう吐きそうになりながら、一言一言唾《つば》をのみ込んでお願いする。

「ああ、すぐに。おい、シェラ婆さんを連れてこい。あれでもシスターで治癒師《ちゆし》の資格を持ってるから」

「殿下、王都の治癒師《ちゆし》の話では――」

こそこそと話し合うクライヴさんと殿下の横を、私はイリーナを運ぶ使用人たちのあとに続いて階段を上がっていく。

イリーナはあてがわれている部屋に連れていかれ、そこでシェラさんによる手厚い看護を受けることになった。

だが。

一日が経ち、二日が経ち、三日が経ち……そして一週間が経っても、イリーナの意識は回復しなかった。

殿下はすぐにノイルブルク城に医師の派遣を要請し、当日のうちにやってきた医師がイリーナの診察をした。

そこでわかったのは――

「イリーナ様の身体は、生命の炎の循環《じゅんかん》が滞《とどこお》っています」

ということだった。

「生命の炎の循環《じゅんかん》……?」

ルベルド殿下がその言葉を繰り返すと、壮年の医師は重々しくうなずいた。

「人間の身体というのは、血液とともに生命の炎が循環《じゅんかん》しているのです。今のイリーナ様は、生命の炎自体は豊富にある状態です、だからこそ息もしているし、心臓も動いている。ただ、その炎の動きがなくなっている状態なのです。その炎が巡るエネルギーこそが、我々の自我を我々たらしめているものなのですが……」

「巡る、エネルギー……」

ルベルド殿下が呟く。

つまり、治癒《ちゆ》魔法で外傷は綺麗に治ったが、生命の炎がぴくりとも動いていないから、意識が戻らない……ということなのだろう。炎が動くエネルギー自体が、私たちの自我そのものだ、と……

私は黙り込んだまま、ベッドで眠るイリーナの手を握る。眠っていても可愛らしい顔だ。でも、私は知っている。この目が開いた時、キラキラと輝くその青い瞳がとても美しいということを。

「それで、その滞《とどこお》りっていうのは治るのか？」

重々しく口を開くルベルド殿下に、王城から派遣されてきた医師は難しそうな顔をする。

「きっかけさえあれば……。循環《じゅんかん》が回復すれば、意識も戻ると思われます」

医師は重々しく言った。

「ただ、こうなってしまっては……」

「……なるほどな」

殿下がため息をつく。

私はじっと、イリーナを見つめていた。艶《つや》やかな銀の髪が風になびくさまは、それはそれは美しかった。

彼女の美しさは、やはり動的なものだ。じっとしているより、イリーナは動いているほうが似合っている。

生命の炎の循環《じゅんかん》が、止まっている。だからその炎が動けば――きっかけさえあれば、意識は回復するという。自我とはつまり、炎が巡るそのエネルギーのことだから……

私はただ、頭の中でそれを繰り返していた。

イリーナの炎を動かすエネルギー、イリーナの炎を動かすエネルギー……

一日、二日、三日。また日々は過ぎていく。イリーナは眠ったまま。

そんななか、私はクライヴさんから手紙を渡された。

「これは……？」

「マティアス殿下からの手紙です。以前、手紙を出されたでしょう？」

「ああ――」

確かに。ずいぶん前のような気がするけど、マティアス殿下に手紙を出したのは覚えている。

ルベルド殿下の母親のこと、ルベルド殿下が毒殺される心当たりのこと、クライヴさんとマティアス王子の関係を問う手紙を、マティアス殿下に出したのだった。

イリーナを寝かせた部屋の窓辺。イリーナと二人っきりのこの部屋で、私は静かに手紙の封を開けた。

――そこには、美しい字でこんなことが綴《つづ》られていた。

ルベルド殿下の研究は非常に危険なものであると予想されること。中にはルベルド殿下の暗殺をもってその研究を終わらせようと目論《もくろ》む組織もあること。その筆頭はソラリアス教団であること、ソラリアス教団のエージェントはすでに赤月館に潜り込んでいること。ソラリアス教団だけではなく、ルベルド殿下の研究を狙って様々な組織のエージェントが赤月館には入り込んでいること。それにはルベルド殿下の母親が関わってくるが、詳しくは言えないこと。

マティアス王子は、ルベルド殿下の研究の成功は願ってはいないが、とにかく身の安全は願っていること。

クライヴさんはマティアス殿下の送り込んだエージェントなので、私の仲間であること。だから手紙は今度からクライヴさんに渡すこと。

なお、この手紙は読んだらすぐに燃やすこと。

——誰のサインも書かれていないが、これはマティアス殿下の字なんだろうな、とぼんやり思った。

正直、今となっては知っている情報が多かった。ソラリアス教団のエージェントがシェラさんだということも知っている。そして、そのシェラさんがイリーナを丁寧に看護してくれていることも、知っている。

クライヴさんがマティアス殿下の配下だというのも、以前シェラさんに教えてもらったから知っていた。

私は手紙をじっと見つめて——

胸に違和感が浮上してくるのを、静かに感じていた。

こんなことしてる場合じゃない……そんな声が、頭の中で木霊《こだま》するのだ。

そうよ。こんなことしてる場合じゃないのよ、私は……

イリーナの寝顔を見つめる。研究所の仕事の愚痴《ぐち》を馬車の中で三時間も言いまくったイリーナ。

ミントグリーンの扇《おうぎ》を自分の給料から出して買ったイリーナ。ミルクレープを食べて嬉しそうにしていたイリーナ、私と一緒に食品界に革命を起こしたがっていたイリーナ。……私を、ダドリー元所長から庇《かば》ってくれたイリーナ。

生命の炎の循環《じゅんかん》が、止まってしまったイリーナ。

今の私には、ルベルド殿下とマティアス殿下の、なんだか妙に距離のある兄弟間の橋渡しになってる暇なんかない。

私がすべきことは。

私の妹イリーナの、あの瞑《つむ》った目蓋の下の青い瞳に、もう一度キラキラした輝きを取り戻すことだ。艶《つや》やかな銀髪に、爽《さわ》やかな風をあてることだ。

イリーナ。イリーナ……！

「……あなたは、私が、助ける」

静かに、決意を口にした。


私は、殿下を書斎に呼び出した。……最近はめっきり家庭教師の授業をできていなかったから、書斎に来ること自体、久しぶりだ。

「……殿下。お願いがあります」

「言ってみな」

殿下は目を瞑《つむ》り、私が口を開くのを真面目な顔で待っていてくれる。

「……お暇をもらいたいと思います」

「研究所に戻るんだな、アデライザ。戻って――」

そう言って目を開き、しっかりと私を見つめてきた。

「イリーナを助ける研究をはじめる。そうだろ？」

「……はい」

私はうなずく。察しがいい。さすがはルベルド殿下、というところだ。

「ははっ、そう言うと思ってたんだ」

殿下は笑った。それはどこか、安心したような笑みだった。

「あんたは根っからの研究者だからな」

「わがままを言って申し訳ありません」

「いいよ。俺があんたの立場でもそうするから。……いや、実際、俺はそうしてるから」

「それは……？」

「俺も助けたい人がいるんだ」

ルベルド殿下は呟いた。

「俺がしてるのはそのための研究。だから、俺とあんたは同じだ」

そんなことを聞くのは初めてだった。殿下の危険な研究は、いろいろな組織から危険視されるその研究は、止めるために暗殺まで計画されるその研究は、『誰か』を助けるためのものだったのか。

「殿下の助けたい人って、いったい……？」

「……ふぅ」

殿下は息をつくと、私の瞳を見つめた。緊張感が重くのしかかってくる。

「誰にも言ったことがないんだが、あんたになら言ってもいいな。俺の助けたい人は……」

声をひそめ、低く、ほとんど掠《かす》れた声で——殿下はぽつりと、「母上だ」と告げた。

「絶対に誰にも言うんじゃないぞ。これは本当に、あんただから言ったんだ」

「……はい。誰にも言いません」

お母様を助けると誰かに伝えることが、これほどまでに慎重さを要することになる……。その事実が、殿下とお母様の関係の複雑さを表していた。

私は唇をキュッと結び、彼の赤い瞳を見つめた。

「お互い、助けたい人を助けましょう」

「……ああ、そうだな。ありがとう……、今までありがとう、アデライザ。あんたのことは絶対に忘れない」

「殿下、それであの……もう一つお願いがあるのですが……」

わがままついでに、私は殿下にお願いをする。

「ソーニッジに帰るにあたり、マティアス殿下とお話をしなくてはならないと思うんです」

私はスパイの仕事も請け負っているのだ。このままソーニッジに帰ったら、スパイの仕事を放り出して逃げるみたいになってしまう。それは、マティアス殿下への不義理になる。

だから最後にちゃんと会って、スパイの仕事はもう終わりにすると伝えたい。そうしないと、すっきりソーニッジに戻れない。

私は殿下に頭を下げた。

「お願いします、ルベルド殿下。マティアス殿下との面会の場を、殿下のお力で設けていただけないでしょうか」

「俺が出るのは筋違いじゃないか？　クライヴ経由で頼めばいいと思うけど」

ああ、やっぱり……クライヴさんがマティアス殿下の配下だということを、ルベルド殿下は知っているのね。それなら隠す必要もないわ。

「マティアス殿下に出した手紙に返信が届くまで、だいぶ時間がかかりました。面会のお願いに関しても同じことが言えると予想されます。クライヴさん経由で面会の約束を取りつけても、実際いつ会えるかなんてわかったものではない、ということです。やはり王族同士の連携に勝るものはないかと思います」

「まあ、そうか……、イリーナがいるもんな、早いに越したことはない。わかった、すぐに兄貴に会えるよう手配する」

よかった。これで心置きなくソーニッジに戻れる。戻って、生命の炎を動かす研究に打ち込むことができる。

イリーナを助ける研究を、はじめることができる。

「ありがとうございます、殿下！」

もう一度深く頭を下げる私に、彼は少し寂しそうに微笑んだ。

「あんたは決意した、アデライザ……」

「はい」

そう、私は決意した。今の生活を清算して、イリーナを助けると。

「……俺も動かないとだな」

「殿下が助けたい人を、助けるのですね」

――つまり、お母様を、助ける。

その過程か結果か、どちらかはわからないけれど、とても危険視されている研究を用いて。それは暗殺の危険すらもあって。それでも私たちは、助けたい人を助ける。

「ああ。ちょうどいい頃合いでもあるしな……秘薬が完成したんだ」

「秘薬……？」

「そうそう、飲んであんたが大変なことになったやつ」

「……もっ、もうっ、それは……っ」

こ、こんな時にあのことを持ち出さなくてもいいじゃない！

慌てふためく私を見て、殿下はカラカラと笑った。

「ほんとはもうちょっと副作用を抑える調整がしたかったんだけど、そうも言ってられない。あれで決行しよう」

殿下も動く。私も動く。もう、ここには戻れない。

「殿下……、お世話になりました。短い間でしたが、殿下との時間は有意義なものでした」

最後にもう一度、私は頭を下げた。この赤月館での出来事を、私は生涯忘れないだろう。それくらいのインパクトがあったし、おそらく私の人生を決めた日々だったと思う。

ルベルド殿下という人と出会えたことは、本当に……人生の宝物だ。

「頑張れよ、アデライザ。俺、そういうあんたが……好きだよ」

――ルベルド殿下は私を見つめ、泣きそうな目をして、それでも満足そうに微笑んでいた。

第五章　決意と愛の狭間

マティアス殿下に会えることになったのは、それから二日後のことだった。手紙の返事が来るのにかかった日数を考えると、本当に早い。やっぱりルベルド殿下に頼んでよかった。

馬車に乗り込んで、私は深く息を吸い込んだ。……これから三時間後には、私はマティアス王子に会う。そうして、スパイを辞めることを報告する。もちろん、家庭教師を辞めることも。

「アデライザ」

優しい声とともにそっと私の手の平に自分の手を重ねたのは、ルベルド殿下だった。

本当なら私一人で乗り込むはずだったけど、ルベルド殿下も城に用事があるということで、二人で一緒に城に行くことになったのである。

彼はいつものシャツにベストという服ではなく、ピシッとした豪華な服装だ。自身も登城するから正装になったのだ。こういう格好を見ると、本当にこの人は王子様なんだなぁって思う。

かくいう私も、持っている中で一番上等かつ礼にかなうドレスを着ている。

「大丈夫？　俺、ついていこうか」

そう言ってにっこりと微笑んでくれるが、私は首を横に振った。

「殿下は殿下でご用事があるのでしょう？　私は一人でも大丈夫です」

「……そうか。後悔しない？」

「しませんわ、子供じゃあるまいし」

というか、これでも以前に一人で第一王子殿下と面会してるのよ。あの時は、まさか最初は家庭教師の面接官が第一王子殿下だとは思わなかったけど……

隣に座るルベルド殿下の顔がぐいっと近づいてきて、私の首元に形のいい鼻がくっつく。

「……あ、あの……」

「アデライザっていい匂いするよな」

すん、すんと匂いを嗅《か》がれて、私は身体を硬くした。

「ななな、なにをっ」

「んー、忘れないようにしようと思って」

「殿下……」

そうよね。この話し合いをもって、私は彼から離れることになるんだし……。こうして一緒にいられる時間は、刻一刻と少なくなっているんだ。

「交渉、うまくいくといいな」

顔を離してにっこり笑う彼の赤い瞳を、私は見つめ返した。

「ありがとうございます。殿下もご用事がうまくいきますように」

殿下はふふっと笑うと、私の手を離した。

「……ああ。必ず成功させるよ。お互い――思い残しがないよう、頑張ろう」

「はい」

もしうまくいかなかったら、その時は。

無理矢理ソーニッジに帰るだけよ。


馬車が到着して、私たちは城の中に入った。そこで私と殿下は別れる。

一人になった私が使用人に用件を伝えると、すぐに応接室へ案内された。

以前、家庭教師の面接をした時に使用した部屋だった。

あの時は、まさか数カ月後にこんなことになるだなんて思ってもみなかった。

ルベルド殿下の実験の被験者となって、秘薬を飲んであんなことになって、殿下と深い仲になって……。ルベルド殿下と赤月館の秘密にこんなに深入りすることになるだなんて考えてもみなかったし。……それに、あの時はまだ、イリーナは元気だった……

「失礼いたします」

懐かしい思い出にふけっていた私の前に、マティアス殿下が現れた。濃い金色の髪にサファイアブルーの瞳をした端正な顔立ち。……今ならわかるけど、目元がルベルド殿下にそっくりで、血の繋《つな》がりを感じる。やっぱり彼はルベルド殿下のお兄さんなんだ……

ソファーから立ち上がった私は、彼に向かってスカートをつまんで広げる淑女の礼《カーテシー》をした。そうやって、相手が話しかけてくれるのを待つ。……身分が上の者が話しかけてくれるのを待つのは、正式な貴族の礼である。

「……楽にしてください、アデライザ先生。お久しぶりです」

「マティアス第一王子殿下、お時間をいただき、ありがとうございます。お会いできて光栄に存じます」

「私もお会いできて嬉しいです。……さあ、どうか腰掛けて。一緒にお茶でも飲みましょう」

そう言われて、私はソファーに座り直す。マティアス殿下はそれを見て微笑むと、向かい側のソファーに座った。

「アデライザ先生、今日はどのようなご用件でしょうか？　いきなりルベルドから『アデライザに会ってほしい』と言われたので驚きましたよ」

「急なお話で、申し訳ありません。ルベルド殿下にお願いしたのは私なんです、どうしてもマティアス殿下にお会いしなければならない用件ができまして……」

「ほう、なんでしょう？」

マティアス殿下は優雅な手つきで紅茶を飲む。この人は第一王子、つまり、まだ立太子はしていないけれど、次の国王になる可能性が高い人だ。その身分の高さに、私は今さらながらに緊張していた。

「マティアス殿下、私……、スパイを辞めさせていただきます」

声が震えそうになるのを必死に抑えて、私ははっきりと自分の意思を彼に伝えた。

マティアス殿下は紅茶をそっとテーブルに戻すと、美しい青い瞳でじっと私を見つめる。

「……妹さん、ですね」

「ご存じなのですね」

少し、拍子抜けした。一から説明しなければならないと思っていたから。

「報告は受けています。大事件でしたから……」

眉尻を下げ、マティアス殿下は気まずそうに言った。

「妹さんのご容体は……？」

「相変わらずです。目覚めもせず、衰弱《すいじゃく》もせず……」

――生命の炎は確かに燃え続けているのだ、だから生命活動は不自由なく継続されている。滞《とどこお》ってしまった炎の動きが、自我を取り戻させてくれないだけで。イリーナは眠ったまま……。ただ、それだけだった。

だから、私は、その生命の炎を、もう一度動かしたいんだ。

「私、スパイを辞めて王立魔術研究所に戻って、イリーナを目覚めさせる研究をしたいんです。あ、ソーニッジの王立魔術研究所から復職要請があってですね――」

「家庭教師の仕事も辞める、ということですね？」

「……はい。ノイルブルクでの仕事は、すべて清算させていただこうと思っています」

そうやって、ソーニッジに戻って、イリーナと向き合う。それが、私がすべきことだ。

マティアス殿下はしばらく瞳を閉じてなにか考え込んでいたが、やがて口を開いた。

「……わかりました。事情が事情ですしね……、アデライザ先生、今までありがとうございました」

「あ……ありがとうございます、殿下」

ソファーに座ったまま、私は頭を低くした。

「感謝いたします！」

「……元凶となったダドリーの身柄は、我がノイルブルクにあります」

す、とマティアス殿下の視線が鋭くなる。

「あなたはどうしたいですか？　彼のしたことは重罪です。あなたの希望をおうかがいしたい。絞首刑でもなんでも、あなたが納得するような報いを受けさせましょう」

「ダドリー元所長……いえ、ダドリーについては……」

私の婚約者であったダドリー。妹のイリーナに手を出して、浮気して、さらには投資詐欺《さぎ》に引っかかって破滅して、私を刺そうとして――イリーナを刺した男。

ぶるっ、と私は震えた。そのあまりの身勝手さに寒気がしたのだ。

「正直、彼がどうなろうと、もう私には関係ありません。絞首刑になろうと、鞭《むち》打《う》ちの刑になろうと、イリーナが目覚めるわけでもありませんし。ただ、もう二度と私たちの――私とイリーナの前には現れないでほしい、と。それだけです」

「わかりました」

殿下はうなずくと、紅茶を一口飲んだ。

「ダドリーの処罰は、こちらが責任をもって行います。あなたにご迷惑はかけません、お約束します」

「ありがとうございます、殿下」

それから私は、また頭を下げた。

「……マティアス殿下。今まで、スパイらしいご報告ができず、申し訳ありませんでした」

ほんと、最初はスパイの仕事もするんだって意気込んでたのに、いろいろと流されてそれどころではなくなっちゃって……

挙げ句の果てに、イリーナを目覚めさせる研究をしたいというわがままのために、スパイの仕事から足を抜くことを了承してもらうなんて。マティアス殿下の期待を裏切りまくりよね……

だけど、殿下は微笑んで私に語りかけるのだ。

「いいえ、あなたはよくやってくれましたよ」

「私はなにも……」

「あなたのおかげで、弟はずいぶん丸くなったと聞いています」

優しげに微笑むマティアス殿下は、やっぱりルベルド殿下に似ている。

「以前と違い、ちょくちょく研究室の外にも出てくるようになったとの報告を受けました。それだけでも、弟にしてみれば大した進歩です」

「ルベルド殿下って以前はもっと引きこもりだったのですか」

「はい。本当に、いつ毒を盛られるかわからないような状況でしたから」

嬉しそうに言うマティアス殿下だけど、それは笑顔で言うことじゃない気がするわ。

「これならソラリアス教団も大人しくなるでしょう」

「ソラリアス教団……」

ルベルド殿下の研究を危険視し、なんだったら毒殺してでも止めようとしている組織。——ではあるけれど、昏睡《こんすい》状態のイリーナの世話を丁寧にしてくれているのもまた、ソラリアス教団のエージェントであるシェラさんである。

ルベルド殿下は研究をやめたわけではないから、ソラリアス教団の監視の目がゆるむということはないだろう。いくらルベルド殿下が外交的になろうとも、常に暗殺の可能性はつきまとっている、ということだ。それでもマティアス殿下の言うことには、ソラリアス教団は『大人しく』なるという。

私には、わからない。ソラリアス教団が悪なのか、それとも善なのか。なんにせよ、私個人としては、ソラリアス教団に借りがある状態ではある。

迷う私に、マティアス殿下は深々と頭を下げた。

「すべてあなたのおかげです。ありがとうございます、アデライザさん」

「そっ、そんな。頭をお上げください、殿下。私はそんな、大したことはしていませんから」

「謙遜《けんそん》なさらないで。すごいことを成《な》し遂《と》げたのですよ」

にっこり笑ったマティアス殿下を見て、私はふと思う。

「……マティアス殿下って、なにをどこまでご存じなのですか？」

ルベルド殿下がなにを研究しているかを突き止めてくれ、というのがスパイ活動の内容だった。マティアス殿下はルベルド殿下の研究内容すら知らなかったはずなのだ。それなのに、研究が危険な内容であることは知っていた。いったい、マティアス殿下はなにを知って、なにを知らないのだろう。

「……弟が世界の滅亡を企んでいることは、予想がつきます」

真剣な顔でマティアス殿下が言うものだから、私は思わず目をパチクリさせてしまった。

「め、滅亡？」

「はい。……逆に今、あなたにお聞きします」

青い瞳がまっすぐに私を見つめてくる。

「弟から聞いたであろう情報を、私に売ってください。言い値で買います」

「…………………」

ルベルド殿下の情報。……私は、ルベルド殿下に秘密を打ち明けられている。誰にも言ってはならないと言われたその情報……、助けたい人がいて、その人というのは母であること。

それは、言い値だろうとなんだろうと、絶対に明かすことはできない情報だ。ここでマティアス殿下にそのことを話せば、ルベルド殿下との関係は、終わる。

「申し訳ありませんが、言うことはできませんわ……」

マティアス殿下はふっと息を吐いた。

「あなたは……、ルベルドをずいぶん信頼しているのですね」

「え？」

「そして、ずいぶん信頼されている」

「そ、それは……」

信頼、っていうのかな、これは。この人だからと秘密を打ち明けて、その秘密を誰にも喋らないって決める。……ああ、なんかやっぱり、これって信頼関係があるっていうのかもしれない……

「なんとなく、あなたを一目見た時……、あなたならルベルドとの信頼関係を結んでくれるのではないか、と勘が働きました」

マティアス殿下は楽しそうに笑いながら言った。

「アデライザさん、ルベルドをお願いします。あの子に心を許せる人ができたことが、私は嬉しいんです。それはひいては世界の安寧《あんねい》に繋《つな》がる」

「……え、えぇと」

なんか妙にスケールが大きくなっていくわね……

「それで、結婚の話はもう出たのですか？」

「えっ⁉」

「え？　いやてっきり、もうそういう約束くらいはしたのかと……」

意外そうに言われて、私の顔に一気に熱が集まる。

「そそそそそそんなことありませんわ！　け、結婚だなんて、お付き合いするって決めたくらいで……」

「お付き合いはしているのですね」

「うぅっ」

答えにもなっていないうめき声を上げると、それだけでマティアス殿下は嬉しそうにこくこくとうなずく。

「それはなによりです。ルベルドとアデライザさんなら、きっと幸せにやっていけるでしょう」

にこっと笑うマティアス殿下に、私は小さくなってうなずいた。

「は、はい……」

ああ、バレちゃった。というか自分からバラしちゃった！　実のお兄様に、しかもこの国の第一王子様に、第三王子様と付き合っていることを！　は、恥ずかしい……。でも、マティアス殿下は笑顔だ。にこにこと笑っている。

「アデライザさん」

「はっ、はい！」

「結婚式は盛大にしましょうね」

「話が早すぎます！　しかも弟さんの結婚式ですよ!?」

「ルベルドは第三王子ですからね。結婚式ともなれば国家行事ですから」

「ですから、結婚の話はまだ出ていませんってば……！」

「ぜひ結婚までいってほしいのですよ、私としては。そうすれば、ルベルドも研究ではなくあなたを取るでしょうから」

なんとなく、その台詞《せりふ》に聞き覚えがあった。

記憶がサッと蘇《よみがえ》る。

『お坊ちゃんに、研究よりアデライザ先生を取るようにしてもらいたいの』

この台詞《せりふ》を言ったのは、しわがれた声だった。赤月館の、家庭菜園のそばで……そうだ、シェラさんが言っていたことだ。

「殿下に、研究より私を取るようにさせたいのですか？」

私がその言葉を口にすると、マティアス殿下は意外そうに目をぱちぱちさせたあと、にっこりと笑った。

「あなたは勘がいいのですね、アデライザさん。さすが研究者さんだ。そうです、私はルベルドに、自分の幸福を追いかけてほしいのです」

「でも、そんなのおかしいですわ。私とお付き合いしながらでも、研究なんていくらでもできるのではありませんか？　どちらかを取れば、どちらかを諦めなければならないような研究なんて、そんなものがこの世の中にあるのですか？」

私の問いに、マティアス殿下はうなずいた。

「アデライザ先生。弟は――」

その言葉は、バタンという音で遮《さえぎ》られた。

はっとして音のほうを向くと、そこには部屋の入り口から顔を出すシェラさんがいた。

シェラさん？　イリーナの看護をしているはずの彼女が、どうしてこの城に――

「アデライザ先生……！」

様子がおかしい。シェラさんはいつものメイド服ではなくシスター服を着ていた、しかも……あちこちが濡れ、焦げ、切れている、ボロボロの状態だ。

思わず腰を浮かせる私にシェラさんは近づいてきて、私の手を掴んで言った。

「どうかお坊ちゃんを止めてください！」

「えっ⁉」

シェラさんの後ろから、護衛の兵士が顔を出す。その彼らも、ボロボロの状態である。

「マティアス殿下、ルベルド殿下が地下の封印の間に――！」

その言葉を聞き、バッとマティアス殿下が立ち上がる。

「ルベルドが⁉」

「お坊ちゃんはやる気です、せ、聖女の遺品を持っているわ……」

ガクリ、とその場にくずおれるシェラさん。彼女の身体が震えている。

「あたし……、お坊ちゃんを止められなかった……！」

マティアス殿下は黙って駆け出した。

おそらく、ルベルド殿下のもとに行くのだ。

「アデライザ先生も、行って……！」

震えるシェラさんの肩を抱いていた私に、彼女は言った。

「お坊ちゃんを止めることができるのは、アデライザ先生だけだと思うの……！」

なにがなんだかわからない。だが、ただごとじゃないことだけはわかる。

「わかりました……！」

私はうなずくと、シェラさんの肩を離して立ち上がった。

急いでマティアス殿下のあとを追う。

開け放たれた重厚なドアを横目に、私たちは地下への階段を駆け下りた。細くて急、そして長い階段だった。たぶん、普段は厳重に施錠《せじょう》をされているのだろう。

階段の終わりのドアは開け放たれていた。マティアス殿下がドアの中に素早く入り、「クライヴ……！」と重々しく声を上げる。

運動不足がたたって息も絶え絶えになりながらあとに続いてドアをくぐると、そこは小さな礼拝堂のような空間だった。

魔法の明かりが灯ったやや小ぶりのシャンデリアに、複数の人影。マティアス殿下と私が部屋に駆け込んだせいで、人影が一斉にこちらを振り返る。

「マティアス殿下……」

凛々《りり》しい顔立ちをした青年が――クライヴさんが、私たちを見て、戸惑ったような声を上げた。

剣を構えた彼が対峙《たいじ》しているのは、ロゼッタさんだった。

大きな扉を背に立つ彼女は、腕を、切られていた。メイド服の腕の部分が上腕を境にして下に真っ赤に染まっている。それだけではない。おそらく魔法によるものだろう――あちこちが焦げているし、切れている部分も多い。

それでも彼女は扉の前に立ち、肩で息をしながら、手負いの狼みたいに周りに睨《にら》みを利かせていた。

彼女の足下には三人の兵士が倒れていた。気絶しているのだろう、ぴくりとも動かない。

「す、すみません殿下。すぐに片をつけます」

ぐっ、と剣を握り込むクライヴさん。その様子から、なんとなく、彼はロゼッタさんに攻撃できていないのだと気づいた。だってクライヴさん、言ってたもの。ロゼッタさんとは戦いたくない、って！　ロゼッタさんを切ったのは、彼女の足下に眠るうちの誰かなんだろう。

「……加勢する」

マティアス殿下がすっと手を前に出した。そこに光が発生する。魔法を使う気だ。

「待って！　やめてください！」

私は思わずそう声をかけ、マティアス殿下の手に取りついて魔法を妨害した。だって、あのロゼッタさんと戦うだなんて、そんな……！

「アデライザ先生、下がって。危険ですよ」

マティアス殿下はロゼッタさんを睨《にら》みつける。

「その女はウォルフ傭兵団から遣わされた傭兵です。しかもトップクラスの。まったく、ルベルドも厄介な用心棒を雇ったものです……」

「……何人たりとも通すなと、主人に命令されています」

肩で息をしながら、ロゼッタさんが呟く。

「特にアデライザ先生、あなたは絶対に通すな、と」

「ロゼッタさん……」

ルベルド殿下はなにかをしようとしていて、それには私の存在が邪魔になる……ということか。

いったい、なにをしようとしているのだろう、ロゼッタさんをこんなに傷つけてまで……

「でも」

彼女は無表情で、声だけが苦しそうだ。

「……私は……」

「ロゼッタ、もうやめよう」

クライヴさんが必死な様子で語りかける。

「このままじゃ、君の忠義は無駄になる。ここがどこかはわかってるよね？　君が本当にすべきことは、ルベルド様を止めることだよ」

だが、彼女はゆっくりと首を振ったのだった。

「……私は金で雇われた身です。主人の命令を聞いて、報酬《ほうしゅう》を得るのが私の仕事です」

「ロゼッタ、僕は……！」

「私は、頭がよくなくて。ルベルド様のしようとしていることがなんなのか、よくわかりません。でも……」

その空虚《くうきょ》な瞳が惑いながらも私を見た。

「……アデライザ先生、ここであなたを通さなかったら、大変なことになる……そんな予感がチクチクします。私はこの勘に頼って、今まで生きた。だから」

す、と彼女は血に染まっていないほうの手を、私に差し出す。魔法を出すのと同じその動作に、さっと緊張が走るが――

「ここをお通りください、先生」

彼女はただ、私に手を差し伸べただけだった。

「たぶん、あなたが、ルベルド様を止めなければならないのです」

「……ロゼッタさん……」

「私の勘はよく当たります。ルベルド様を救うのは、他の誰でもない――、先生です」

「……わかったわ」

私はうなずくと、一歩、足を踏み出した。

マティアス殿下が私に続こうとするが、それをキッと睨《にら》みつけるロゼッタさん。

「……先生だけです。他の人はダメです」

「しかし……！」

「大丈夫です、マティアス殿下。私一人で行きます」

「危険だ。今のルベルドは、おそらく正気じゃない」

私は振り返ってマティアス殿下にうなずいてみせた。

「なんだかよくわからないけど、なんだかよくわからないなりに、きっとルベルド殿下を止めてみせますわ」

正直な、私の感想だった。ほんと、正直、なにがどうなっているのか……よくわかっていない。

だけどこれだけは言える。私は、ルベルド殿下を止めなくちゃいけない。

＊＊＊＊＊

ロゼッタさんがいた部屋を小さな礼拝堂だとするなら、そこは大聖堂の荘厳な伽藍《がらん》のような空間だった。天井にはステンドグラスが張り巡らされ、魔法の明かりだろう色鮮やかな光が辺りを包んでいる。

その中央にある台座で、たった今、ルベルド殿下が虹色の秘薬を飲み終わったところだった。

「殿下……！」

私はその光景に目を瞠《みは》った。

殿下だけじゃない、殿下の隣にある大きな水晶柱の中に——女性が、いた。肩につくくらいの黒髪で、二十歳そこそこに見える彼女は、見たことのない大きな襟《えり》のついた上衣と膝丈の短い紺色のスカートを身につけ、目を閉じて……立ったまま眠っているような状態で、水晶柱の中で固まっている。王子様らしい豪華な服装をしているルベルド殿下も相まって、その光景はまるで美しいおとぎ話のようだった。

「……ロゼッタのやつ、命令違反だな」

ルベルド殿下は飲み干したガラス瓶をそっと足下に置いた。

「アデライザだけは絶対に通すなって言ったのに」

「で、殿下。その人は……」

「ああ」

殿下はその女性を見て微笑む。

「紹介するよ。俺の母上、ミライ・アカツキだ」

「！」

その瞬間、私は鮮烈に思い出した。

ルベルド殿下のお母様は、異世界から来たアカツキという女性だと、いつだったか聞いたことがある……。そして、彼女が聖女として魔王を封印しているのだろうことを、直感で理解した。

ここは魔王の封印の間であり、ということは、あれは魔王の封印装置なのだろう。

「でも、そんな。聖女は五〇〇年前の存在のはずです。ルベルド殿下、あなたは十九歳でしょう？　計算が合いません。あなたは五〇〇年前の人間の息子だとでも言うんですか？」

すると彼はゆるゆると首を振りながら、少し身をかがませた。

「……聖女っていうのは使い捨てなんだよ。魂が切れれば新しいのを召喚して嵌《は》め直す」

苦しそうに、眉根を寄せる。

「人知れず、そうやって……、異世界から聖女が何人も召喚されてきた。俺の母上は、そんな聖女の一人だった」

「そんな……」

「わかりやすいだろ？　世界っていうのはさ、誰かの犠牲の上に成り立ってるんだよ」

五〇〇年前に、異世界から来た聖女イリーナが魔王を封じた。それだって聖女イリーナの犠牲の上に成り立つ平和だというのに。

だが実際は、何人もの聖女が異世界から召喚され、封印に使用されたという。

……そんなこと、知らなかった。

ルベルド殿下は手に持った光沢のある赤いスカーフをぎゅっと握りしめる。――あれは、シェラさんが遺品と言っていたものだろう。おそらくなにかの触媒《しょくばい》に使うつもりなのだ。

「母上は騙《だま》されたんだ。この世界を救う聖女だのなんだの、さんざん持ち上げられてさ。願いごとをなんでも叶えてやる、って言われて。母上は子供が欲しいって言って――それで生まれたのが俺ってわけ」

赤くなってきた顔で、ルベルド殿下は水晶柱の中の女性に視線をやった。

「……俺は、母上をここから助け出す。そして元いた世界に送り返す。それが……俺の、研究の目的だ」

助けたい人がいる――、それがルベルド殿下の研究の目的だった。それはお母様で、お母様は魔王を封じている聖女で……

「待ってください。お母様を助けるのはいいとして、そうしたら封印はどうなってしまうのですか？」

「……封印はなくなる。そうなれば、魔王が復活するな」

「魔王が復活したら、世界は――」

私は、最後まで言えなかった。『世界を滅亡させる研究』というマティアス殿下の言葉、あれは言葉通りの意味だったのだ。比喩《ひゆ》でもなんでもなく、本当に、ルベルド殿下は大切な人を助けるのと引き換えに、世界を滅亡させるつもりで……

魔王、というのは、高度な魔力エネルギーそのものであったのではないか、という説がある。五〇〇年前、魔界から魔力そのものだけを取り出そうとする研究があったというのだ。その結果、膨大《ぼうだい》なエネルギーがこの世界に解き放たれた。それは、奴隷が王になり、王が奴隷になるような革命の時代を生んだ。一斉に力を得た魔物たちは徒党を組んで各地で蜂起《ほうき》し、疫病《えきびょう》が蔓延《まんえん》した。ただ不思議なことに、歴史上でも稀《まれ》なほどに子供が生まれ、農作物も大豊作であったという。世に食べ物はあふれ、子供は増え、そして上が下に、下が上に行くほどの流動性が世を支配する……あふれ出すエネルギーを持てあましたような時代だった。

やがて魔王はついにその姿を現す。その正体は、あまりにも高密度になった魔力が結晶化したものなのではないか、というのが後世の者たちの見解である。

その魔王を異世界から来た聖女がその身をもって封じ、混沌《こんとん》の時代は幕を閉じた。それが五〇〇年前にあったことだと推察されていた。

ルベルド殿下はこの現代に、魔王という混沌《こんとん》を解き放つつもりなのだ。

「世界がどうなろうと知ったことじゃない。なんの罪もない母上を騙《だま》し、ここに魔王とともに封じ続ける世界なんて、むしろ滅んでしまえばいい」

震える手で殿下は水晶柱を撫でる。

「母上は、俺を助けてくれた。だから、今度は俺が母上を助ける番なんだ」

ルベルド殿下はかつて、この場所で魔力を奪われている。危うく命まで持っていかれるところを、魂の向きを変えて魔力を奪われるだけに留めたのは、つまり彼の母――聖女ミライ・アカツキだったのか。

いろいろと繋《つな》がっていく……

「俺は、母上を助けるために研究を重ねてきた。この魔王の封印装置の正体を探るためにルーヴァス教授にも近づいた」

ルーヴァス教授は封印装置を作った人の子孫である。……それを知った上で近づいていたのか、ルベルド殿下は。かなり用意周到に計画を進めていたってことね……

「その封印は五〇〇年前、おそらく当時の魔法技術の粋《すい》を集めて作られたものですよ、しかも聖女の魂という巨大なエネルギーを使っている」

私は殿下の足下の小瓶を見ながら問う。

「その薬で得た魔力くらいで、太刀打ちできるとは思えません」

あの薬を飲み、魔力を得たことがある私だからわかる。確かに魔力を得ることができるすごい薬ではあるけれど、でもそれだけだ。とてもじゃないが、厳重に作られた封印装置を解除するほどの魔力ではなかった。

「言っただろ？　ルーヴァス教授に近づいて、この封印装置の正体を探ったって」

彼は震える手で水晶を撫でる。

「……ふ、封印というが、こいつは……」

ごくん、と唾《つば》をのみ込む間があり、続ける。

「この中に入った魔力エネルギーの動きを止める装置だ。魔王というエネルギーそのものを止めて、新しくエネルギーを生ませないようにしているんだよ。それが封印の正体だ」

頭の片隅がザワザワした。どこかで聞いたことのある理論だ。

そう、……それはまるで、生命の炎が滞《とどこお》っているイリーナみたいじゃない？

片や魔力というエネルギーが停止させられ、片や生命の炎というエネルギーが滞《とどこお》っている。

……まるで双子みたいにそっくりな状態じゃないの。

「止まったエネルギーを動かすなんて、そんなの簡単だ。外から新しくエネルギーを加えればいいんだ。桶に張った水を手でかきまぜて、渦を作るみたいなものさ」

ルベルド殿下はそう言うと、スカーフの中から拳大の青い宝石を取り出した。

「そのための、たった一つの成功品だ……ダドリーに見せたのはただのトリックだったけどな」

「……！」

ダドリーを破滅させた投資詐欺《さぎ》――それは確か、魔力を封入した宝石を量産する事業だったはずだ。魔力は動くエネルギーそのもので、物体に封じられるはずがない……そのはずなんだけど。ルベルド殿下の口ぶりだと、どうにかして成しえたっぽいわね？

ていうか、ということは、ダドリーに投資詐欺《さぎ》を持ちかけたのはルベルド殿下だったの……!?

ルベルド殿下は苦しそうに眉を歪《ゆが》める。

「まさかダドリーがあんたを刺そうとするだなんて思いもしなかった……。あんたを傷つけた、ちょっとしたお返しのつもりだったのに。イリーナがあんなことになったのは、ダドリーを追い詰めすぎた俺の罪だ」

「ルベルド殿下……」

ルベルド殿下がしたことはやりすぎだった。ダドリーは破滅して、イリーナも昏睡《こんすい》状態になってしまった。

……でも、でも、よ。ちょっと待って……、あのたった一つだけの成功品という魔力封入石の原理を確かめたいわ。そうしたら、もしかしてイリーナは……！

私は噛みつくような勢いでルベルド殿下に質問する。

「どうやって動くエネルギーそのものである魔力をその宝石に封入したというのですか？　魔王の封印と同じように、エネルギーは止めてしまえばその力を失うはずです、だって魔力は動きそのものなのですから」

風は吹くから風なのだ。止めたらただの空気になる。魔力もそれと同じで、動くことを止めればそこにエネルギーは存在しなくなる。

「ふぅ……、これさ、中身は止まってないんだよ」

殿下は紅潮《こうちょう》した顔で、汗ばんだ額を腕で拭《ぬぐ》って言う。

「……こ、この中では、魔力が動き続けている」

「そんな馬鹿な。だって魔力を封じたのでしょう？」

「その場を動き続けているんだよ。――回転させてる……んだ」

「なっ……！」

雷に打たれたみたいな衝撃って、このことを言うのだろう。

その手があったか！　と叫んでしまいそうだった。逆転の発想だ。止めるのがダメなら動かし続ければいいのだ。

……そんな単純なことに気がつかなかっただなんて！

魔力とは動くエネルギーそのものである。あの宝石の中身が『回転している』エネルギーそのものだとするなら……確かに一つの物体に魔力を封入し続けることができる。止めているわけじゃないから、ちょっとペテンな感じはするけど……、なんにせよ、封入した魔力を動いた状態のままでいさせることができるのだ。

「これを止まったエネルギーに放り込めば、呼び水となってエネルギーは動き出す。まあ、放り込むこと自体に少量の魔力が必要で、それを俺が取り戻すのに苦労したけどな……」

止まったエネルギーを動かす、呼び水。

……私は、それを喉から手が出るくらい欲していた。生涯をかけてそのエネルギーを研究しようとしていた。

止まった生命の炎を動かす、そのエネルギーを。研究しようと……

そうよ。これ、使えるわ！

あの宝石を使えば、イリーナを助けられるかもしれない！

「それを聞いたら、ますます魔王を復活させるわけにはいかなくなりました」

「……なんの話だ」

掠《かす》れた声で、殿下が囁《ささや》く。

だが、私はそれについては黙秘《もくひ》したほうがいいと思った。母を助けるために開発した宝石をイリーナに使わせようとするだなんて、そのアプローチじゃ絶対に失敗するのが目に見えている。

違うアプローチでいこう。大丈夫、私には秘策がある。ルベルド殿下の決意を諦めさせる、その最大の作戦は……

「……殿下、そろそろ限界なんじゃないですか？」

ニヤリと笑いつつ、私は殿下に向かって足を踏み出した。

「さっきから様子がおかしいじゃないですか」

「……っ」

殿下は真っ赤な顔と潤《うる》んだ赤い瞳で私を睨《にら》みつける。

「あっ、あんたには関係ないだろ」

「関係大ありですよ。……薬の副作用が出ているんでしょ？」

殿下の足下に転がる空の瓶。あれには虹色の秘薬が入っていた。それを、殿下は飲み干した。

あれを飲んだことのある私だからわかるんだけど、今、殿下は強烈な性欲に苛《さいな》まれているはずだ。

「苦しいですよね？」

「……っ」

歯を食いしばり、私を睨《にら》む殿下だけど……、でも、それは飢えた獣みたいな、ゾクゾクする視線だった。

「殿下……」

ごくり、と私は唾《つば》をのみ込んだ。募っていく恥ずかしさが、次の言葉を喉の奥にしまい込もうとする。

でも、頑張って言わなくちゃ。彼を誘惑して、母親ではなく私を取らせる。それが、私に残された唯一の手段なんだから！

震える声で、それでもハッキリと私は言った。

「私としたいんでしょ、殿下」

「く、来るなっ！」

一歩一歩近づいていく私を、殿下は拒《こば》む。

「だからあんただけは通すなって……ロゼッタに言ったのに……！」

それでも殿下の赤い瞳が私から外れることはない。まるで獲物《えもの》がくるのを舌なめずりして待ち構える肉食獣みたいだ。

「殿下……、私、まだしたいことがいっぱいあるんです。研究所に戻ってイリーナを助ける研究をしたいし、イリーナが言っていた、『一緒に食品界に革命を起こす』っていうのもしたいし」

一歩、一歩。近づいていく。

「殿下と王都に行ってケーキも食べたいし――すごくおいしかったですから、あのケーキ……絶対一緒に食べたいんです。ミルクレープ。そ、それから」

ごくん、と唾《つば》をのみ込む。

「……ル、ルベルド殿下、あなたと」

あまりの恥ずかしさに、頭がガンガンと痛むくらい熱い。水滴がついたらジュッと蒸発してしまいそうよ。さすがに殿下の顔を見ていられなくて、私は視線を足下に落とした。

「あ、あなたと、まだまだしたりないんですっ！　世界がとんでもないことになったらできるものもできなくなっちゃいます！」

「……っ」

彼の目の前にたどりついた私の耳に、ごくり、と生唾《なまつば》をのみ込む音が聞こえた。

「お、俺と……？　あんたもそう思ってるのか？」

「そうです！」

ああ、恥ずかしい！　けど、これは本心だ。上を下に、下を上にするような逆巻く巨大魔力エネルギーが世の中にあふれたら……、ノイルブルクの第三王子である彼は常にクーデターを警戒しなければならなくなるし、そもそも疫病《えきびょう》に怯えながらなんて、行為どころじゃないだろう。

それに魔王期は出生率が増えたっていうから、もしかしたら避妊薬自体の効力がなくなるのかもしれない。そんなことになったら安心して楽しめないわよっ！

っと、なんか本心ばっかり言っちゃってるけど……、これで誘惑になってるのかしらね？

……今、ルベルド殿下は薬の副作用の性欲で大変なことになっているはずなのだ。もう、今すぐ発散しないと爆発してしまいそうな性欲に身体を支配されている、と思われる。特にルベルド殿下は十九歳と若い男性だから性欲なんて普段から持てあましているだろうし、それが薬で増大させられているのだから……、とにかく、解消しきれない思いが辛くて仕方ない状態のはずだ。

私なら、それを解消できる。それを武器に、殿下の願いを諦めさせるのだ。

母親を助けたいという殿下の純粋で尊い想いを、性欲をもって叩きつぶす。即物的な、我ながらひどい作戦。でもきっと、今の状態にはこれが一番効くはずだ。

「さ、最近、してなかったし……、そろそろしたいな、って……」

これも本心だった。

だって、イリーナが来るわ昏睡《こんすい》状態になるわで、息つく暇もなかったし。

「私にだって、その……、愛する人としたいって性欲くらい、ありますっ！」

か、顔が熱い。頭が熱い。目の前がクラクラして、耳に心臓が移ったんじゃないかってくらい心臓がバクバクうるさいし。

私は勢いをつけてバッと彼に抱きついた。

そして彼のことを見上げて、背伸びしながら口づけた。

「ん……っ」

二人の吐息が重なる。

最初は唇を合わせるだけだったのに、殿下の舌が……強引に、私の唇を割って入ってくる。

熱い舌が、私の口の中を好き放題動き回る。私も、それに懸命に応えた。腰が砕けそうなくらい、気持ちがいい。

キスは情熱的で……ああ、やっぱり殿下は私としたいんだってわかる。その事実が、さらに私の腰を砕いてくる。

やがて名残惜しそうに唇が離された。

「や、やめてくれアデライザ。こんなこと、俺は望んでない」

だがその顔は夕陽を浴びたかのように真っ赤で、潤《うる》みまくった赤い瞳は食い入るように私を見つめている。弾んだ吐息は、全力疾走したあとのように激しい。

――ちょっと、これは。

さすがに効きすぎじゃないの？　こっちから誘惑しておいてなんだけど、ちょっと引いてしまうわ。こんなに効くものなの、この作戦って⁉

で、でもあと一押しよ。頑張らないと。

ちゅっ、と軽くついばむようなキスをしてから、私は彼の股間を触った。ビクッとして一瞬腰が引けるが、すぐに手の平に押しつけるようにしてくる。

抱きついた時からわかってたことだけど、ほんと、コレ……、なんていうか、その。かなり大きく、硬くなってるわよ⁉　服の上からでもわかるくらい熱いし……！

「こ、ここは私のこと……いじめたいみたいですよ？」

そんなことを言いながら、さすさすと服の上から殿下のモノをこする。

「ねぇ。私のこと、いっぱい、いじめて、殿下……」

ああ、恥ずかしいこと言ってる！　ほんとはこんなこと言う人間じゃないのよ、私は！

と一生懸命心の中で言い訳していたら。

殿下が私をガバッと抱きしめてきた！

「ああああああああ!!」

と耳元で突然吠えられる。

耳がキンとするぅ〜。

「理に合わない！　ままならない！　どうなってんだ、俺は!?」

殿下は抱擁《ほうよう》を解くと、私の手を取ってずんずんと歩き出したではないか。

「え、殿下？」

「ここじゃできねぇだろ！　母上が見てるんだぞ！」

彼は振り返りもせずに、吐き捨てるようにそう言う。

これは。

「殿下……！」

やった、成功した！

私は思わず笑顔になってしまうが、すぐに戸惑いの感情が湧き起こる。

こんなに効くの、この作戦!?

誘惑した当人だけど、正直、ここまで効くとは思っていなかった。

だって殿下って、お母様を助けるためにずっと研究してきたのよ？　あと少しで世界を犠牲にしてお母様を助けられるのよ？　それなのに、その理性がぶっ飛ぶだなんて。

ちょっと効きすぎじゃないの、薬の副作用。それとも、これが若さってやつなの……⁉

殿下に連れられて封印の間を出ると、見知った顔たちが私たちを出迎えた。

「ルベルド……！」

マティアス殿下が駆け寄ってこようとするが、ルベルド殿下は無視して私を連れていく。

「あ、えっと」

私はマティアス殿下に──そして、私たちを見つめるロゼッタさんとクライヴさんに、そして気がついてふらふらしている兵士のみなさんに、視線で訴えかける。

『大丈夫です』って。

でも言葉ではうまく言えなくて。

「その、あの……」

私はそれしか言えない。任せてください！　って言うのも変よね？

だから、そんな心配そうな目で私を見ないでくださいよ、マティアス殿下。

そのまま手を引かれて、私たちは小さな礼拝堂みたいな空間を出て、急で細い階段を上りはじめた。

階段の出口には兵士たちが詰めかけていたんだけど、その中をルベルド殿下はぐいぐい歩み、立ち塞《ふさ》がろうとする兵士には一瞥《いちべつ》もくれず強引に進む。

私は殿下の背中に隠れるようにして城の廊下を抜け、階段を上り、また廊下を歩き――やがて、豪華な部屋についた。

白を基調とした部屋で、少し幼い感じがする。

「ここは……」

「俺の部屋だ」

ああ、なるほど。殿下がいつから赤月館に移ったのか知らないけど、ここは幼いルベルド殿下が住んでいた部屋なのね、だから時が止まっているんだ。

ルベルド殿下はそのまま、私を天蓋《てんがい》つきの大きなベッドに押し倒した。

「んっ……」

ふかふかのベッドの感触を味わう暇もなく、ルベルド殿下が私の唇を貪《むさぼ》る。

「はぁっ、……んっ」

激しいキスに息継ぎをするのだけで精一杯で、私はなにもできない。

「アデライザ……っ」

殿下は吐息まじりに私の名を呼ぶと、急《せ》いた様子で私の服を脱がしはじめた。あっという間に一糸まとわぬ姿にされてしまう。

そして、彼はもどかしそうに自分の豪華なジャケットとシャツを脱ぎ捨てた。細身だけれど引き締まった、白い身体が露わになる。

こんな時だけど――ああもう、ほんと、カッコイイ！

彼の手が、下のほう……、私の一番恥ずかしいところに伸びてきた。

ぴちゃ、と甲高い水音が響く。

「ひゃっ」

すでに私のそこは潤《うる》みきっていた。

「……濡れてる」

まるで感動したかのような声で、ルベルド殿下が言う。

「嬉しい。アデライザも俺を求めてくれてるんだな」

「だ、だって……久しぶりだし……んっ」

殿下は私の言葉も聞かず、焦ったように細長い指をくぷりと侵入させてきた。

なんの抵抗もなく、そこはルベルド殿下の指を受け入れてしまう。

彼の指が、私の中でくねくねと動く。

「あん、んっ、やっ……」

くちゅ、くちゅ。殿下の指の動きに合わせて、淫靡《いんび》な音が漏《も》れる。その音が私の官能を煽《あお》って、すごく興奮する。

「だめ……っ、あっ」

「もっとここをほぐしてやりたいけど、俺余裕なくて……、今すぐアデライザが欲しい」

切羽詰まった声で殿下はそう言うと、指を抜いて自身のズボンや下着を手早く脱ぐ。

そして、私の足を広げた。彼自身を何度か私の入り口にこすりつけたかと思うと——

「ああっ！」

ぐっと身体が押し入れられ、彼自身が、中に入ってくる。

「あ……っ！」

まだ先端だけなのに、私の中でそれはまるで鉄のように硬く、熱を滾《たぎ》らせていた。下腹部の圧迫が強くなる。私は反射的に腰を浮かせたが――それを逃がすまいと彼の両手にがっちり腰を掴まれてしまう。

「やっ……」

「アデライザ……っ！」

そしてルベルド殿下は、腰を一気に進めてきた。

「あぁぁ！」

すごい質量が私の中に入り込んでくる。久しぶりってこともあるけど、薬の副作用のせいだろうか――とにかく、大きい！　苦しくて、どうにかなっちゃいそう。でも、この感じ……、懐かしい気がして、頬《ほお》がゆるんでしまいそうにもなる。

ああ、私、ルベルド殿下としてるんだ……

「っ、はぁっ」

ルベルド殿下も苦しげに喘いだ。

「アデライザ、大丈夫か？」

「は、はい」

「そっか、よかった。動くぞ……っ！」

ルベルド自身が一気に奥まで突き入れられる。だがすぐにそれは小刻みに動かされて……

「やっ！　ああぁっ！　だめっ、もっとゆっくり……っ」

ゆっくり快楽を感じたいのに、彼の動きは速くて、激しくて……まるで私の中を抉《えぐ》るみたいなその動きに、私は翻弄《ほんろう》されてしまう。それでも強制的に感じさせられて、意識が飛びそうだ。

「はっ、あぁっ」

「ル、ベルド……っ」

快楽でぼーっとする意識の中で彼の名を呼ぶと——さらに殿下の動きが激しくなる！　ああもうだめ！

腰がぶつかるたびに、意識が飛びそうになる。

「やっ、そんなに……っ」

「アデライザの、中がっ、締めつけてくるから……！」

そんな恥ずかしいこと言わないでよぉ……っ！

私の腰を掴んでいた彼の両手に力が込められて——ぐっと腰が浮いたかと思うと、一気に彼が私の中に突き刺さった。そしてそのまま休む間もなく腰を打ちつけられる。パンパンと小気味のいい音が部屋に響きはじめた。

「ああっ、だめっ、あっ……やぁっ」

容赦《ようしゃ》なく打ちつけられて、私は悲鳴みたいな嬌声を上げる。

「好き、だ！　アデライザ！」

「私も……んっ」

ああもうだめだめだめ……！　気持ちいい……！　もうなにも考えられない。身体が熱くて蕩《とろ》けてしまいそうだ。ぐちゅぐちゅとまざり合う水音がこの上なく恥ずかしいのに、もっと激しくしてほしくなる。

もうダメ、私限界かも……！

「はっ、あっ、あっ」

ルベルド殿下の腰の動きが一段と激しくなる。彼の中を荒れ狂う快感が限界に達しようとしているのだ。そして私も……もう！

「あ、も、出るっ……！」

「やっ、ああっ！」

頭の中が真っ白になる……！　私は絶頂に達し——その瞬間、ビクンと彼の身体が大きく震えたかと思うと、ビクビクと小刻みに痙攣《けいれん》する。熱いものが私の中に吐き出されていく。

「……っ!!」

ルベルドの噛み殺したような吐息が聞こえる。

ああ、すごく気持ちいい……。身体の奥からあふれてくるような快楽の波に、私は酔いしれた。

やがて絶頂の波が収まってくると、ルベルド殿下が力なく私の身体に倒れ込んできた。汗ばんだ熱い肌が私に密着する。

「大丈夫か……？」

息を荒くした殿下がそう聞いた。私は彼の背中に腕を回して、ぎゅっと抱き締めた。

「……はい……」

「そうか……」

そして彼はそのまま、私の唇に優しくキスを落とす。ちゅっちゅと軽いキスを何度も何度も繰り返したあと、彼はようやく顔を離した。

「……ごめん。がっつきすぎだな、俺。抑えが利かなくて……」

「わ、わかります。私もそうでしたし……」

あの薬の副作用の苦しさは、私もよく知っている。殿下が謝ることじゃないわよ。

「だから、一回じゃ足りない。もっとして、いい？」

確かに、私の中にある彼自身は、未だ硬度を保ったままだ。

「え、でも、あの。ちょっと休憩を……」

「だめ」

止めようとすると、彼は私の腰をぐっと掴んだ。そして軽々と持ち上げて、自分の上に乗せる。

「今度は後ろからしてあげるから」

そういう問題じゃ……っ！　という抗議の声はすぐに嬌声に変わった。

彼の膝の上にのせられ、後ろから抱っこするような格好でぽよんぽよんと上下させられれば、私の身体も自然とその動きに応えようと動いてしまう。

しかも一回出されたルベルドの精が抽挿の動きで奥からかき出されて、じゅぱじゅぱとすごい音を立てている。それが潤滑液みたいになって、さっき以上に滑らかだ。

「あっ、あん」

自分の体重で深くルベルド殿下を迎え入れてしまうせいで、奥をグリグリとこすられて声が止まらない。

「ほら、アデライザのここも悦《よろこ》んでる」

そう言って彼は繋《つな》がった部分を指でなぞった。私はビクッと大きく身体を震わせる。

確かに気持ちとは裏腹に、私のそこは——いや、身体全身が、殿下から受ける刺激を一つも逃すまいと蠢《うごめ》いているのだ。

「やんっ……そんなこと、言っちゃダメ……っ」

恥ずかしくて、私の声はすっかり蕩《とろ》けきっている。

「ははっ、アデライザは可愛いな」

ルベルド殿下はそう言うと、またズンズン突いてきた。そのたびに私は頭が真っ白になって——

それでも彼は止まらない。何度も、何度も何度も奥を突かれて……

「ルベルドっ、もっとゆっくり……やぁっ」

「好き、だ！　アデライザ！」

もう彼に理性なんて残ってないみたい。本能のままに私を求めてくる。私はもう為す術なく揺さぶられるだけだ。でもそれがどうしようもなく幸せで——だから私も彼をもっともっと求めてしまう。

私の腰を掴む彼の腕には力が入りすぎていて、痣《あざ》になっているかもしれない。その痛みさえもが気持ちよく思えてきて、彼の熱さを全身で感じて、もう私、どうにかなっちゃいそう！

「あっ、ルベルドっ、ルベルドぉっ」

「アデライザ……！」

ルベルド殿下の息が荒くなって、だんだん動きが速くなる。彼の先端が私の最奥をグリグリと押してきて、もうなにがなんだかわからない。ああもうだめ！　またイっちゃう……！

「あ、んっ、ダメっ……！」

私が達するとほぼ同時に彼の腰がぐっと私の腰に打ちつけられた。自分の体重込みで深いところに入り込んだ彼自身は、私の一番深いところに再び熱い精を吐き出した。

「っ、はぁ……」

ルベルド殿下は何度かビクビクと身体を震わせると、背後から私を抱きしめた。そのままベッドに倒れ込んで、繋《つな》がったまま二人並んで横になる。

「はぁ……アデライザ……」

息を整えながら、ルベルド殿下が私をぎゅっと抱き締めてくる。私の背中に彼の胸板がくっついて、彼の心臓の音が伝わってきた。ああ、体温が心地よい……

「ごめん……アデライザ、大丈夫だったか……？」

心配そうに彼が聞く。私は回された手に自分の手を重ねた。

「うん、なんとか……」

「じゃあ、もう一回……」

「えぇっ？」

「まだ収まらないんだ、全然」

確かに、彼のそこはまだ私の中に入ったままだ。達したことで萎《な》えるどころか、また硬さを取り戻している気がする。

こ、これは……薬の副作用のすごさもあるけど、単にルベルドが底なしって可能性もあるんじゃないの……？

なんて冷静に分析をしている場合じゃない！

「ちょ、ちょっと。さすがに休憩しましょう？」

ルベルドには副作用による尽きぬ性欲があるだろうけど、こっちにはそんなものないわけで。

私は逃げようとした——けど、もちろん許されるはずがなかった。彼が腰を押し進めると、またその硬さを取り戻していたモノがぐちゅりと音を立てる。二回分の精は、すでに私の中に収まりきっていない。

「や、待って……！」

「ごめん、待てない」

ルベルドは私の腰を掴んでぐるりと回すように動かした。

ベッドの上に仰向けにされると、ルベルドが「ここだったよな……」と言いながらぐりぐりと奥を刺激してきた。

「あぁっ！」

「……はは、当たり。ここ、好きだったよな」

ゆっくりと腰を大きく抜き差ししながら、彼はそこばかり狙ってくる。

「やっ、やだぁっ」

「気持ちよくない？」

そう言いながら、ルベルド殿下は私の唇にちゅっちゅっと何度も軽いキスをして、腰を動かす。

「やぁんっ、やだって言ってるのに……っ」

「ほんとに？」

ルベルド殿下が動きを止めて、私の顔をじっと見つめた。彼の目は熱を孕《はら》んでいて……その目を見ていると、引き込まれてしまいそうになって——

「……」

私は目を瞑《つむ》った。心のままに、小さく首を振る。だって……、嘘はつけないもの。殿下に求められて、求められて……、嬉しさも、あるんだ。

すると、ルベルド殿下は笑って優しくまたキスをしてくれた。そしてそのまま腰を動かしはじめる。最初はゆるゆると、段々と激しく。

「んっ、んっ、んんっ」

キスをしたまま、私はまた快楽に溺《おぼ》れてゆく……。理性が薄れていく。気持ちよすぎてなにも考えられないっ……！

「好きだ、アデライザ……っ」

「あぁっ、わ、私も……好き……」

互いの舌が絡み合う。ああ、もうだめ。ルベルド殿下のこと以外考えられなくなっちゃう……！

そのまま私たちは何度も何度も何度も求め合って——いつの間にか、意識が薄れていたのだった。

第六章　明日に向けて

そのあとにあったことを簡単に説明すると。

「アデライザ、ソーニッジの魔術研究所で待っててくれ。必ず行くから」

情事のあとを始末し王子様の衣装を着込んで身綺麗になったルベルド殿下は、微笑んでそう言い残し、その足でマティアス殿下に出頭した。

母親を助けようとする企みが露呈《ろてい》した今、ルベルド殿下は正式に拘束された。封印の間も、そこに通じる階段も、すべてが前以上に厳重に閉ざされることとなった。

私も拘束されかけたが、「彼女はルベルドを止めてくれた、世界の恩人だ」というマティアス殿下の口添えで赤月館に戻ることができた。

私はしばらく、赤月館で事態がどうなるかを待ちながら生活した。

――ルベルド殿下抜きで、だ。

ルベルド殿下がどういう処遇になるか、気が気ではなかったけれど――

そして、どうなるかが決まった。

ルベルド殿下のしたことは、結局世間には明かされなかった。聖女を魔王の封印の材料に使っているということは、完全に国家機密だから。――だが怪しい研究をしていたとして、ルベルド殿下は無期限の謹慎《きんしん》処分、という名の幽閉《ゆうへい》となった。赤月館は閉鎖、ルベルド殿下の研究結果は没収、使用人はすべて解雇された。

ロゼッタさんは、ルベルド殿下とともに拘束された。腕の傷は治癒《ちゆ》魔法ですっかり綺麗にされたということだ。だが、クライヴさんやマティアス殿下の証言により、彼女はすぐに釈放《しゃくほう》された。

「アデライザをルベルドのもとに通した」というのがその理由である。

まあ、ロゼッタさんが私を通さなかったらルベルド殿下は魔王を復活させていただろうし、ロゼッタさんの功績は計り知れないからこれは妥当《だとう》だと思う。

その後はウォルフ傭兵団に戻ったそうだが、ちょくちょくクライヴさんと会っているとのことだった。詳しくは聞いてないけど、クライヴさんは約束通りロゼッタさんに告白して付き合うことになったのだろう。若いっていいなぁ、ぐふふ。……って、笑い方がキモいのは自覚済みよ！

そして私はソーニッジに戻り、王立魔術研究所に主任待遇で復職したのだった。

意識不明のイリーナを実家で世話してもらいながら、私は王都で研究に没頭していた。もちろん、イリーナを目覚めさせるための研究だ。

そんな日々の中、私のところにもルベルド殿下の噂が回ってきた。

彼は模範的な態度で日々を過ごしているということだった。彼の今までの行いから考えると不自然なほど素直に反省の言葉を述べているということ、マティアス殿下が彼を高く評価しているということも噂にはあった。

そして、ルベルド殿下はただひたすらに、ある希望を出している、ということも……

別れ際に聞いた、ルベルド殿下の宣言通りに。

私は日々を送りながら、あの言葉を信じて、ただひたすら彼を待った。彼が来ないと、私の研究も完成しないしね……。


そして、半年が経過したころ――

ルベルド殿下は言葉通り、ソーニッジの王立魔術研究所に特別研究員として入所を果たしたのである。

「ようこそ殿下、私の研究室へ。でも信じられませんわ……。まさか、本当に来るなんて」

ルベルド殿下が入所したその日、私は彼を自分の研究室に招いた。

「俺は嘘はつかないよ」

そう言って赤い瞳で笑う彼は、私のよく知るルベルド殿下だった。服装もシャツにベストという見慣れた姿だ。

正直、国家転覆以上のことをしようとしていた罪に対して処罰が軽すぎる気はしたけど、せっかくルベルド殿下が自由になったのだからそれを気にしても仕方がない。それに、私の計画に彼は必要不可欠なのだし……。

「久しぶり、アデライザ」

「ええ……、本当にお久しぶりです。お変わりないようでなによりです」

「ああ、俺はね。でもあんたも変わりなしってのはちょっと残念だな」

「え？」

すると殿下はぐっと私に顔を近づけて囁《ささや》く。

「あれだけたっぷり愛し合ったんだから……、子供ができててもおかしくないって期待してたのに」

「……っ」

私は顔を赤らめつつ、両手で彼を押しのけた。

「ちゃんと避妊薬飲んでますから！」

「なんだ、残念」

「それより、私の研究室に来ていただいたのですから……、あなたの仕事はわかってますわね？」

「ああ、これからは毎日毎晩しっぽりと……」

「ち・が・い・ま・す！」

私は思わず大きな声を出す。

「そのことじゃなくて！　殿下にはあの秘薬を作っていただきたいのです」

研究ノートもなにもかもノイルブルク王国に没収されてしまったわけだけど、彼の脳みその中にある記憶までは奪えない。ルベルド殿下さえいれば、またあの秘薬を作れるというわけだ。

すると殿下は赤い目を細めてニヤリとした。

「へぇ、また濃くやり合いたいのか。癖になっちゃった？」

「だから、違いますっ」

私は自分の研究ノートを彼に押しつけ、中を見るように促す。

最初はニヤニヤしながら見ていた彼だったが――、読み進めるうちに、次第に真剣な表情になっていった。

「……これ、本気か？　ていうかなんでアレをあんたが持ってるんだよ」

「あの時殿下が部屋に置いていったのを拝借したのですわ。アレは私の計画にどうしても必要なので」

私は鍵つきの戸棚を指し示しながら言った。

そこには、『アレ』――唯一成功したという『魔力封入石』が入っている。

――何度も何度も交わったあの日、殿下が部屋を出ていく時に置いていったのを、私はそっと自分のポケットに忍ばせて持ち去ったのだ。

イリーナ復活のためには、あの青い宝石がどうしても必要だから……

「……ふぅん、結構な度胸じゃないか。ノイルブルクを欺《あざむ》くなんて」

「軽蔑《けいべつ》なさいます？」

「いや、惚れ直したよ。やっぱりあんたは最高だ」

ニヤリと笑うルベルド殿下に、私の胸は躍った。そう来なくちゃね。少なくともノイルブルクを欺《あざむ》いていることは事実だし、これくらいスルッと受け流してくれないと、とてもじゃないがこの研究は完成しない。

私がしようとしていることは、つまり。あの青い宝石に封じ込められた魔力を――『回転し続ける魔力そのもの』を、イリーナの身体に使うのである。

時に、ルベルド殿下は魔王に魔力を奪われている。彼の母親は、生命力を食おうとした魔王に対して、魂を回転させて魔力の部分だけを食わせることでルベルド殿下を守った。つまりは生命力と魔力はともに魂の一部であるということだ。ということは、封印内の止まった魔力を動かす『回転する力』なら、イリーナの滞《とどこお》った生命の炎を再び動かすことができるのではないか——と私は考えたわけだ。

もちろんぬかりなく、私は魔力と生命力を直接繋《つな》げる研究をしている。魔力が動けば生命力も動き出すというような、そういう研究を。

ただ、少量でも魔力がなければ青い宝石の力を発現させることができない——ということなので、やっぱりあの虹色の秘薬は必要なのである。

赤月館にあったような最新式ではないけれど、この研究所にだって幻素用蒸留器くらいある。材料はそろっているのだ、あとは知識さえあれば秘薬はできる。ルベルド殿下の存在によって、私の研究はようやく完成するのだ。

「わかった、イリーナについては俺にも責任はあるからな。この研究に協力しよう」

ノートをパタンと閉じて、ルベルド殿下は私の目を見つめた。

「そういやダドリーのこと聞いたか？　あいつ、鞭打《むちう》ちの刑を受けて解放されると同時に借金取りに引き渡されたんだって」

借金取りに引き渡された……ということは、もう生きてはいないかもしれないわね……。まあ、どうでもいいわ、あんなやつ。

「ダドリーのことは、もう興味ありません。私はイリーナを助けるだけです」

「いい心がけだ」

ルベルド殿下はふっと笑った。

「……ただ、ちょっと、俺にも考えがあってさ。力を貸す条件を出していいか？」

「なんですの？　難しいものではないといいんですが」

「簡単なのと難しいのと、二つある」

彼は指を二本立てて微笑んだ。

「簡単なほうからいこうか。そう、たぶんあんたなら簡単なことだ。俺と一緒に、母上をあそこから解放する作戦を考えてほしい」

「殿下、まだ……」

「そう。まだ、諦めてない」

ルベルド殿下は真剣な目で私を見つめた。

「やっぱり、母上を助けたいんだ」

今現在、あの封印の間はノイルブルク城の地下深くに厳重に隠されている。以前ならいざ知らず、今では近づくことすらできないだろう。しかも、一度は魔王の封印を解きかけたルベルド殿下では……

「正直言って、俺にできる策は尽きた。だけどあんたなら奇跡を起こせるんじゃないかって思うんだ。……実際、あんたはイリーナを助け出す算段までつけてる。俺なんか足下にも及ばないくらいその発想は豊かだし、実現する力もある。だからさ」

ルベルド殿下は私の目を見て言った。

「頼む、アデライザ。母上を封印から助け出す作戦を――それでいて魔王の封印は解かず世を平穏に保っておく都合のいい方法を、俺と一緒に考えてくれ」

「……」

私は目を閉じた。魔王とともに封じられた聖女。そこから聖女だけを取り出す方法……

確かにあのままでいいわけがない。世界が一人の女性の犠牲の上に成り立っているだなんて、しかもルベルド殿下の口ぶりだと、犠牲はまだまだ続いていきそうだなんて。異世界から聖女として召喚した女性を封印のエネルギーに利用するなんて非道なことは、やっぱりどうかと思う。

私はゆっくりと目を開いた。

「今すぐには思いつきませんが……。わかりました、殿下。その条件、お受けいたします」

「アデライザ……！」

「私、全力を出しますわ。いつか必ず、あなたのお母様を助け出しましょう」

そして、私はにっこり笑った。

「言っておきますが、殿下が嘘をつかない以上に、私はもっと嘘をつきませんからね」

「スパイだったのに？」

「うっ、それを言われると……」

ははっ、と軽く笑って、殿下は私の頭を軽く撫でる。

「ごめんごめん、でもありがとう。あんたなら、きっとできる。……それからもう一つの条件だけど、これはちょっと難しいかな」

「なんでしょう？」

聖女だけを封印から抜き出す方法より難しいこと、なんてあるの？

彼はこほんと咳払いする。頬《ほお》を赤らめ、もじもじとしてから——

「……俺と結婚してくれ、アデライザ」

「っ⁉」

私は思わず口をパクパクさせた。

「け——⁉」

真面目な顔になり、ルベルド殿下はそっと私の手を取って口を寄せてくる。

「あんたを手放す気はないんでね。だから、結婚してほしい」

「ちょ、ちょっと待ってください。お気持ちは大変嬉しいのですが……」

確かにこれは、ある意味聖女だけを封印から解き放つことより数段難しいことだわね。

「で、でも、私は他国の者ですし、ただの研究者です。私のような者が殿下と結婚だなんて……」

「俺はあんたじゃなきゃダメだ。すべてを投げ打ってでも、あんたが欲しい」

「っ」

その一言で、私は完全に心を射貫《いぬ》かれた。だって、一国の王子様にこんなにも真剣な瞳でここまで言われたら、もう……

「そ……、それは、なんというか、その……」

「イエスかノーで答えてくれ。どっちだ？」

「……い、いえす」

「そうか」

ホッとしたように相好を崩すと、彼は私をギュッと抱きしめた。

「ありがとう……。よかった、緊張した……」

「……殿下でも緊張するなんてこと、あるんですね？」

「あるさ。俺はこれでも繊細《せんさい》な人間なんだよ」

私も彼の背中に手を回す。彼には今までさんざん口説《くど》かれてきたというのに、史上最強にドキドキしている自分がいた……。殿下の気持ちが真剣なのがわかるからだろう。

そんな私の髪に顔を埋めながらルベルド殿下は囁《ささや》く。

「愛してる、アデライザ」

耳元で囁《ささや》かれて、もう心臓がどうにかなりそうだ。

「……わ、私も……、です」

「アデライザ……」

ぎゅっと私を抱きしめる。そして彼はいったん身体を離すと私の瞳を覗き込んだ。その綺麗な赤い瞳に見つめられて、私はなにも言えなくなる。

私も彼も、それぞれ重い運命を背負っている。それでも、私たちは互いを補い合いながら、前に進んでいく決意をした。それはきっと、なによりも強い力になる……


「で、殿下……」

「今は名前で呼んでくれ」

「……ルベルド」

「アデライザ……」

そのままルベルド殿下の顔が近づいて――私たちは再びキスを交わした。

しばらくして顔を離すと、彼は愛しそうに目を細める。

「半年間も放っといて、ごめん」

その言葉に、私は泣きそうになった。

イリーナの研究で忙しかったけど、それでもやっぱり……、ルベルドがいない日々は寂しくて仕方なかったから。

私は彼の胸に顔を埋めた。

「ルベルド……！」

そんな私の頭を、ルベルドはゆっくりと撫でてくれる。

「……なぁ、まだしたりないって、思ってくれてる？」

「え？」

「半年前、封印の間で言ってただろ」

――封印の間で言ったこと、といえば。

カアァァァァァッ、と顔が熱くなる。

「あ、あ、あ、あのっ……」

そうだ、ルベルドを誘惑しようと思って、あの時必死になっていろいろ言ったんだった。……全部本心だけどね！

「私、そのっ……！」

「まだ思ってくれてる？」

「っ……」

追い打ちをかけてくる彼に、言葉では恥ずかしくて答えられなくて……、私は小さく、こくりとうなずくだけだった。

すると彼は、ぎゅっと私を抱きしめた。

「あはは、そうか。嬉しいよアデライザ。いっぱいしような！」

「……っ」

ああああああ、なにこれぇ!?　こんな恥ずかしいことってある!?

で、でも……、確かに、したいっていうのはある……。久しぶりにルベルドとこうして抱きしめ合ったりキスしたりすると、身体の奥底がうずうずしちゃうっていうか……

「そうだ。今度休暇とってさ、ノイルブルクの王都に行こうか」

「え？　どうして……？」

「ミルクレープ、俺と食べたいんだろ？」

「……あ」

それも、あの地下の封印の間で私が言ったことだ。

「それも覚えてくれてたんですね……！」

「当たり前だろ。あんたのしたいこと、全部叶えたいんだ」

ルベルドは優しく微笑むと、私の額にチュッとキスを落とした。

「したいこと、いっぱいしようぜ。それで目を覚ましたイリーナと母上にさ、俺たちがラブラブだってのを見せつけてやるんだ」

「……っ、はい！」

熱い涙が目からこぼれ落ち、頬《ほお》を伝った。

帰ってきたイリーナとルベルドのお母様を、ラブラブな私たちがお出迎えする……

きっとそこには笑顔があふれているだろう。イリーナは呆れたように微笑むだろうし、ルベルドのお母様は……、息子の結婚相手が年上だと知ったら、苦笑するだろうか、それとも祝福してくださるだろうか？　ルベルドのお母様がどんなふうに笑うのか——今から楽しみだ。

必ず。必ず……、私たちは、したいことを、するんだ！

貧しい田舎の男爵令嬢・フィディア。
彼女には、憧れの獣人公爵・ジェミールを間近で見たいという夢があった。王都の舞踏会当日、フィディアの期待は高まるが、不運が重なり、彼に会えないまま王都を去ることになってしまう。
一方、ジェミールは舞踏会の場で遠目に見たフィディアに一瞬で心を奪われていた。

彼女は彼の『運命の番《つがい》』だったのだ——。

ジェミールは独占欲から彼女を情熱的に求め溺愛するが、種族の違いによって誤解が生じてしまい…!?

B6判 定価:748円(10%税込)
ISBN 978-4-434-32416-1

B6判/定価:748円(10%税込)
ISBN978-4-434-32415-4

この作品に対する皆様のご意見・ご感想をお待ちしております。

おハガキ・お手紙は以下の宛先にお送りください。

【宛先】

〒150-6019 東京都渋谷区恵比寿 4-20-3 恵比寿ｶﾞｰﾃﾞﾝﾌﾟﾚｲｽﾀﾜｰ 19F
（株）アルファポリス　書籍感想係

メールフォームでのご意見・ご感想は右のＱＲコードから、
あるいは以下のワードで検索をかけてください。

アルファポリス　書籍の感想　検索

ご感想はこちらから

本書は、「アルファポリス」（https://www.alphapolis.co.jp/）に掲載されていたものを、
改題、改稿、加筆のうえ、書籍化したものです。

年下《としした》王《おう》子《じ》の猛愛《もうあい》は、魔力《まりょく》なしの私《わたし》しか
受《う》け止《と》められないみたいです

卯月ミント（うづき みんと）

2024年 3月 25日初版発行

編集－渡邉和音・森 順子
編集長－倉持真理
発行者－梶本雄介
発行所－株式会社アルファポリス
〒150-6019 東京都渋谷区恵比寿4-20-3 恵比寿ｶﾞｰﾃﾞﾝﾌﾟﾚｲｽﾀﾜｰ19F
TEL 03-6277-1601（営業） 03-6277-1602（編集）
URL https://www.alphapolis.co.jp/
発売元－株式会社星雲社（共同出版社・流通責任出版社）
〒112-0005 東京都文京区水道1-3-30
TEL 03-3868-3275
装丁イラスト－神馬なは
装丁デザイン－AFTERGLOW
（レーベルフォーマットデザイン－團 夢見（imagejack））
印刷－図書印刷株式会社

価格はカバーに表示されてあります。

落丁乱丁の場合はアルファポリスまでご連絡ください。

送料は小社負担でお取り替えします。


ISBN978-4-434-33592-1 C0093